МИНИ

ДЖ. М. КУТЗЕЕ

в сердце страны

санкт-петербург
АМФОРА
2005

УДК 82/89
ББК 84(6Юж)
К 95

J. M. COETZEE
In the Heart of the Country

Перевела с английского Е. З. Фрадкина

Кутзее, Дж. М.
К 95 В сердце страны : [роман] / Дж. М. Кутзее ; [пер. с англ. Е. Фрадкиной]. — СПб. : Амфора. ТИД Амфора, 2005. — 287 с.
ISBN 5-94278-753-0 (рус.)
ISBN 0-7493-9425-0 (англ.)
Вымысел и реальность переплелись в этом романе о трагедии человеческого одиночества, одиночества женщины...

УДК 82/89
ББК 84(6Юж)

ISBN 5-94278-753-0 (рус.)
ISBN 0-7493-9425-0 (англ.)

1. Сегодня мой отец привез домой новую жену. Они катили по равнинам в высоком двухколесном экипаже, в который была впряжена лошадь с плюмажем из страусовых перьев. Впрочем, не исключено, что вместо лошади было два осла с плюмажами, — такое тоже возможно. Все были в пыли после долгого путешествия. Отец был облачен в черный фрак и цилиндр, на новобрачной — белое платье в талию и широкополая шляпа от солнца. Я не смогу привести детали, ничего не присочинив: ведь я не наблюдала за ними. Я находилась в своей комнате, в изумрудном полумраке — это было после полудня, и ставни были закрыты. Читала книгу или, что вероятнее, лежала с мокрым полотенцем на глазах, борясь с мигренью. Я — та, которая остается в своей комнате, где читает, или пишет, или борется с мигренью. В колониях полно подобных девиц, но, думаю, ни одна не доходит до такой крайности,

как я. Мой отец — тот, который медленно расхаживает по половицам в своих черных сапогах, взад-вперед, взад-вперед. А вот и третья — его новая жена, которая допоздна валяется в постели. Это антагонисты.

2. Новая жена. Новая жена — ленивая ширококостная женщина с роскошными формами и кошачьей грацией. У нее большой рот, который растягивается в медленной улыбке. Глаза острые и колючие, как две ягоды, две черные колючие ягоды. Это крупная женщина с тонкими запястьями и длинными пухлыми пальцами, сужающимися на конце. Она ест с большим аппетитом. Спит, ест и бездельничает. Она высовывает длинный красный язык и слизывает с губ вкусный бараний жир. «О, это мне нравится!» — говорит она, и улыбается, и закатывает глаза. Я смотрю на ее рот как зачарованная. Потом она широко улыбается мне и смотрит колючими черными глазами. Я с трудом переношу ее улыбку. Из нас не получается счастливой семьи.

3. Она — новая жена, следовательно, прежняя мертва. Прежняя жена — моя мать. Она умерла так много лет назад, что я едва ее по-

мню. Должно быть, я была очень маленькой, когда ее не стало, — может быть, новорожденным младенцем. Из самого дальнего, потайного уголка памяти я извлекаю бледный образ — образ хрупкой, кроткой, нежной, любящей матери, лежащей на полу свернувшись, — вероятно, именно такую выдумала бы для себя любая девушка в моем положении.

4. Первая жена моего отца, моя мать, была хрупкой, кроткой, любящей женщиной, которая жила и умерла под башмаком у мужа. Муж не мог ей простить, что она неспособна родить ему сына. Его безжалостные сексуальные домогательства привели к тому, что она умерла при родах. Она была слишком хрупка и нежна, чтобы произвести на свет грубого, шумливого мальчишку-наследника, которого хотел мой отец, — поэтому и умерла. Доктор прибыл слишком поздно. Его вызвал посланец на велосипеде, и доктору пришлось тащиться в экипаже целых сорок миль по проселочной дороге. Когда он прибыл, моя мать уже лежала, успокоившаяся, на смертном одре — терпеливая, обескровленная, виноватая.

5. (Но почему же он не прискакал на лошади? Да и были ли в те дни велосипеды?)

6. Я не наблюдала за тем, как мой отец подвозит жену к дому, так как была в своей комнате в темном западном крыле — изводила себя и выжидала подходящего момента. Мне следовало бы стоять наготове, приветствовать их и предложить чаю с дороги, но я этого не сделала. Я отсутствовала. Моего отсутствия не заметили. Отец не обращает внимания на мое отсутствие. Для отца я всю свою жизнь была пустым местом. Поэтому я не являю собой женственное тепло в сердце этого дома — нет, я нуль, ничто, пустота, из-за которой все обваливается внутрь; я серый вихрь, холодный сквозняк, продувающий коридоры, — забытый, мстительный.

7. Приходит ночь, и мой отец и его новая жена резвятся в спальне. Они вместе гладят ее матку, наблюдая, как та трепещет и расцветает. Они сплетаются, она обхватывает его своей плотью, они хихикают и стонут. Чудесные времена для них.

8. В доме, имеющем по воле судьбы форму буквы «н», в театре из камня и солнца, обнесенном целыми милями проволоки, я прожила всю свою жизнь, слоняясь из комнаты в комнату, грозно нависая над слугами, — угрюмая дочь-вдова мрачного отца. День за днем, на закате, мы сидели друг против друга за бараниной, картофелем, тыквой — безликой едой, приготовленной равнодушными руками. Может ли быть, что мы беседовали? Нет, не может — наверное, мы сидели друг против друга в молчании, прожевывая наш путь сквозь время, и наши глаза — его черные глаза и мои черные глаза, унаследованные от него, — блуждали в своем пространстве. Потом мы удалялись спать, чтобы увидеть во сне аллегории неосуществленного желания, которые, к счастью, неспособны были истолковать; а по утрам мы состязались в ледяном аскетизме: кто раньше встанет, чтобы разжечь огонь в холодном очаге. Жизнь на ферме.

9. В сумрачной прихожей день и ночь тикают часы. Я — та, которая их заводит и еженедельно поправляет по солнцу и календарю. Время на ферме — это время широкого мира,

и ни на мгновение не больше и не меньше. Я решительно отвергаю слепое субъективное время сердца, которое то учащенно бьется от волнения, то замирает от скуки, — нет, мой пульс будет биться в унисон с ровным ритмом цивилизации. Однажды какой-нибудь ученый, пока еще не родившийся, сделает открытие: часы — это механизм, который обуздал хаос диких дебрей. Но узнает ли он о безысходности часа сиесты, который бьют часы, — сиесты, когда дочери колоний лежат с закрытыми глазами, считая? В стране полно меланхоличных старых дев, подобных мне, потерянных для истории, влачащих свои дни в родовых имениях, — они наводят блеск на медную посуду и готовят впрок варенье. Когда мы были маленькими, за нами волочились наши властные отцы, и мы стали ожесточенными весталками, испорченными на всю жизнь. Изнасилованное детство — кто-то должен найти зерно истины в этой фантазии.

10. Я живу, я страдаю, я здесь. Используя в случае необходимости хитрость и вероломство, я борюсь, чтобы не стать одной из тех, кто позабыт историей. Я — старая дева с запертым дневником, но я и нечто большее. Я — неспо-

койная совесть, но и это еще не всё. Когда весь свет погашен, я улыбаюсь в темноте. Мои зубы блестят, хотя никто бы в это не поверил.

11. Она подходит ко мне сзади — до меня доносится благоухание апельсинового цветения и запах возбужденного самца — и берет меня за плечи:

— Я не хочу, чтобы ты сердилась. Я понимаю, что ты чувствуешь себя несчастной и обеспокоенной, но для этого нет причин. Мне бы хотелось, чтобы все мы были счастливы вместе. Я сделаю что угодно — действительно все, что угодно, — чтобы так и было. Ты мне веришь?

Я заглядываю в дымоход; мой нос распухает и краснеет.

— Я хочу сделать наш дом счастливым, — говорит она нараспев, кружась, — мы трое вместе. Мне хочется, чтобы ты считала меня сестрой, а не врагом.

Я смотрю на полные губы этой насытившейся женщины.

12. Было время, когда я воображала, что если буду говорить достаточно долго, то мне откроется, что это значит — быть сердитой

старой девой в самом сердце ничего. Но хотя я обнюхиваю каждый эпизод, как собака свою кучку, я не нахожу того перехода в «как бы», который отмечает начало истинной двойной жизни. Мучительно пытаясь найти слова, которые перенесут меня в страну мифа и героя, я остаюсь в скучной летней жаре все той же — непрезентабельной и неспособной выйти за свои пределы. Чего мне не хватает? Я пла́чу и скрежещу зубами. Страсти? Зримого образа второго существования, достаточно страстного, чтобы перенести меня из заземленности в двойственность смысла? Разве я не дрожу каждой клеточкой от страстного раздражения? Или дело в том, что моей страсти не хватает воли? Может быть, я хоть и разозленная, но, в конце концов, всего лишь самодовольная старая дева с фермы, заключенная в объятия своей ярости? Действительно ли я желаю выйти за свои пределы? История моей ярости и ее зловещее продолжение: собираюсь ли я усесться в эту лодку и закрыть глаза, и меня повлечет вниз по течению, через речные пороги, вместе с пенящимся потоком — и я очнусь, освеженная, в тихом устье? И принесет ли это мне освобождение — ведь без освобождения какой смысл в моей истории? Вызывает ли моя судьба старой девы острое негодование в моей душе? Кто стоит за моим притеснением? Ты и ты, говорю я, скорчившись в золе и указуя разящим перстом на отца и мачеху. Но почему же я не сбежала от них? Пока существует другое место, где я могу жить, на меня тоже указуют персты — небесные персты. А быть может, мне, до тех пор не ведавшей, но теперь, увы, догадавшейся, уготована более замысловатая судьба: меня распнут вниз головой в знак предостережения тем, кто любит свой гнев и лишен способности узреть другую историю? Но какая же другая история имеется в запасе для меня? Брак со вторым сыном соседа? Я не создана для того, чтобы быть жизнерадостной фермершей. Я несчастная, безнадежная девственница, и моя история — это моя история, даже если это скучная, дурацкая, унылая история, не ведающая о своем значении и о многочисленных неиспользованных счастливых вариантах. Я — это я. Характер — это судьба. История — это Бог. Досадно, досадно, досадно.

13. Ангел — так ее иногда называют, ангел в черном, который приходит, чтобы спасти детей темнокожих от крупа и лихорадки. У себя

дома она сурова, но суровость сменяется состраданием, когда она приходит ухаживать за больными. Ночь за ночью она сидит с хнычущими детишками и с роженицами, борясь со сном. «Ангел с небес!» — говорят они, и их глаза льстецов проницательны. Сердце ее поет. На войне она облегчала бы последние часы раненым. Они умирали бы с улыбкой на устах, глядя ей в глаза и сжимая ее руку. Ее запасы сострадания неистощимы. Ей нужно быть необходимой. Когда она никому не нужна, она чувствует себя озадаченной и сбитой с толку. Разве это не объясняет всё?

14. Если бы мой отец был более слабым человеком, у него была бы более хорошая дочь. Порабощенная своей потребностью быть нужной, я кружусь вокруг него, как луна. Такова моя единственная смехотворная попытка разобраться в психологии нашей катастрофы. Объяснить значит простить, быть понятым значит быть прощенным, но я — надеюсь и боюсь этого — необъяснима и не могу быть прощена. (Однако что же такое во мне прячется при свете? Есть ли у меня на самом деле секрет, или же это смущение лишь способ мистифицировать мою

лучшую, вопрошающую половину? Действительно ли я верю, что где-то в щели между моей нежной матерью и моим младенческим «я» лежит ключ к этой унылой, скучной старой деве? Продолжи себя, продолжи себя — вот шепот, который иногда слышится в глубине моей души.)

15. Раз уж я заговорила о себе, еще одно мое свойство — любовь к природе, особенно к жизни насекомых, этой суетливой целеустремленной жизни, которая продолжается вокруг каждого навозного шарика и под каждым камнем. Когда я была маленькой девочкой (сочиняй, сочиняй!) в шляпе от солнца, украшенной оборочками, то сидела, как рассказывают, весь день в пыли, играя с моими друзьями жуками — серыми, и коричневыми, и большими черными, названия которых я забыла, но могла бы без труда найти в энциклопедии; и с моими друзьями муравьедами, делавшими эти элегантные маленькие конусообразные ловушки из песка, в которые я иногда бросала обычного красного муравья; и время от времени — со спрятавшимся под плоским камнем бледным, вялым детенышем скорпиона, которого я убивала палкой, поскольку даже тогда знала, что скорпионы

плохие. Я не боюсь насекомых. Оставив за спиной дом, я босиком иду вверх по руслу реки, и горячий темный песок скрипит у меня под подошвами и набивается между пальцами. Там, где течение замедляется, я сажусь, распустив юбки, и чувствую, как тепло постепенно доходит до бедер. Не сомневаюсь, что, если бы вдруг пришлось туго — хотя понятия не имею, как бы могло до этого дойти. — я без колебаний поселилась бы в глиняной хижине, или под навесом из веток, или в велде, питаясь кормом для цыплят и беседуя с насекомыми. Наверное, даже в маленькой девочке проступали черты безумной старой леди, и темнокожие, которые прячутся за кустарником и знают всё, должно быть, хихикали.

16. Я росла вместе с детьми слуг. Я говорила, как они, пока не научилась вот так разговаривать. И играла в их игры с палками и камнями, пока не узнала, что у меня может быть кукольный дом с Папой, Мамой, Питером и Джейн, спящими в своих собственных кроватях, с чистым бельем в комоде, у которого выдвигаются и задвигаются ящики, и с собакой Нэн и котом Феликсом, дремлющими у растопленного очага

на кухне. Вместе с детьми слуг я искала в велде корни кхамма, кормила коровьим молоком осиротевших ягнят, висела на воротах, наблюдая, как уничтожают паразитов у овец и пристреливают свинью к Рождеству. Я вдыхала затхлый запах укромных уголков, где они спали вповалку, как кролики, и сидела у ног их слепого старого дедушки, который вырезал из дерева прищепки для белья и рассказывал истории о давно минувших днях, когда люди и звери мигрировали с зимних пастбищ на летние и жили все вместе, кочуя. У ног старика я впитала миф о прошлом, когда зверь, и человек, и хозяин жили общей жизнью, невинные, как звезды на небе, — нет-нет, я далека от того, чтобы смеяться. Как мне вынести боль о том, что утрачено — чем бы это ни было, — без мечты о былых временах, возможно, окрашенной в фиалковый цвет меланхолии, и без мифа об изгнании, дабы объяснить себе эту боль? И мать, нежная, благоухающая, любящая мать, которая отравила меня молоком и сладкой дремой в пуховой постельке, а потом исчезла в ночи под звук колоколов, оставив меня среди жестких рук и грубых тел, — где ты? Мой утраченный мир — это мир людей, холодных ночей, светящихся глаз, в которых отражается пламя костра в лесу, и длинная история о мертвых героях на языке, который я не разучилась понимать.

17. В доме с хозяйками-соперницами слуги выполняют свою работу с опущенными плечами, уворачиваясь от брызг дурного настроения, которые могут полететь в них. Отупев от нудной работы, они предвкушают яркие, драматичные ссоры, хотя им известно, что для них лучше всего, когда в доме царит согласие. Еще не настал день, когда гиганты сойдутся в битве, а карлики ускользнут в ночи. Они не переживают противоположные чувства последовательно, когда одно сменяет другое, как волны, — нет, ярость смешивается у них с сожалением, обида — с радостью, и у них начинается головокружение, от которого клонит в сон. Они хотят находиться в большом доме, но в то же время не прочь остаться дома, прикинувшись больными, и подремать на скамейке в тени. Чашки выпадают у них из рук и разбиваются на полу. Они шепчутся по углам. Без всякой видимой причины они бранят своих детей. Им снятся дурные сны. Психология слуг.

18. Я живу и не одна, и не в обществе — словно среди детей. Со мной разговаривают не словами, которые доходят до меня в искаженном виде, странные и завуалированные, а знаками, мимикой, жестами, движениями рук и плечей, нюансами тона и интонации, паузами и пропусками — эта грамматика никогда не была записана. Читая темнокожих, я иду ощупью, так же, как они, читая меня: ведь они тоже воспринимают мои слова весьма смутно, прислушиваясь к скрытым намекам в голосе, вглядываясь в слегка приподнятые брови, улавливая то, что я действительно имею в виду: «Осторожно, не сердите меня», «То, что я говорю, исходит не от меня». Мы напрягаемся, чтобы через долины пространства и времени увидеть бледный дым сигналов друг друга. Вот почему мои слова — это не те слова, которые употребляют люди, беседуя друг с другом. Когда я одна в комнате и все мои обязанности выполнены, а лампа ровно горит, я вхожу в свой собственный скрипучий ритм, спотыкаясь о скалы из слов, которые никогда не слышала из уст другого. Я создаю себя словами, я, живущая среди тех, чьи взоры потуплены, никогда не встречавшаяся взглядом с равным. Пока я вольна быть

собой, нет ничего невозможного. В своей келье я — безумная ведьма, какой мне суждено быть. Я брызжу слюной на свою одежду, горблюсь и извиваюсь, на ногах моих расцветают мозоли, и этот сварливый голос, составляя предложения, прерываемые зевками от скуки — ибо на ферме ничего не происходит, — ломается и скрипит от раздражения, и в глухую полночь, когда похрапывает надзиратель, я танцую сама с собой под мелодию сумасшедшего хорнпайпа.

19. Каким утешением от телесной любви являются лапидарные парадоксы? Я смотрю на полные губы насытившейся вдовы, слышу скрип половиц в затихшем доме на ферме, теплый шепот, доносящийся с большой кровати, ощущаю на себе бальзам плоти, предающейся любви, засыпаю, окруженная запахом разгоряченных тел. Но как же быть с реальностью, когда столь желанно падение в бездонную темноту? Опьяненная девственница, я стою нагая на пороге, вопрошая.

20. Насытившаяся вдова загадочным жестом подносит палец к полным темным губам. Призывает ли она меня к молчанию? Забавля-

ет ли ее мое откровенное тело? Сквозь приоткрытые шторы полная луна льет свой свет на ее плечи, ее полные ироничные губы. В тени ее бедра лежит уснувший мужчина. Ко рту поднимает она загадочную руку. Она позабавлена? Она напугана? Ночной ветерок веет через раздернутые шторы. Комната погружена в темноту, и фигуры лежащих в постели столь неподвижны, что я не слышу их дыхания, и сердце мое стучит, как молот. Следует ли мне идти к ним одетой? Не фантомы ли они, которые исчезнут, едва я к ним прикоснусь? Она наблюдает за мной с ироничной улыбкой на полных губах. Я роняю свою одежду у двери. В сиянии луны она рассматривает мое бедное молящее тело. Я плачу, пряча глаза, желая истории жизни, которая омыла бы меня, принеся успокоение, как у других женщин.

21. Когда мой отец возвращался после дневных трудов, потный и запыленный, для него была готова ванна. В детстве это входило в мои обязанности: я должна была разжечь огонь за час до заката, чтобы можно было налить горячую воду в сидячую эмалированную ванну в тот самый момент, как он переступит через порог

парадного входа. Потом я удалялась за цветастую ширму, чтобы принять у отца одежду и выложить чистое белье. На цыпочках выходя из ванной, я слышала, как он окунается, как всасывается вода под мышками и между ягодицами, и вдыхала сладкие, тяжелые миазмы мыла и пота. Позже эта моя обязанность была отменена; но когда я думаю о мужской плоти — белой, тяжелой, немой, — чья же плоть это может быть, если не его?

22. Сквозь щелочку в занавесках я наблюдаю за ними. Взяв его за руку и приподняв край юбки, она выходит — раз-два — из двухколесного экипажа. Она потягивается, улыбаясь и зевая, и с пальца затянутой в перчатку руки свисает маленький зонтик. Он стоит у нее за спиной. Они тихо обмениваются парой слов. Поднимаются по ступеням. Глаза у нее наполненные и счастливые — такие глаза не заметят пальцы, придерживающие кружевную занавеску. Она идет непринужденным шагом, ноги в полном согласии с телом. Не спеша они входят в дверь и скрываются из виду — мужчина и женщина пришли домой.

23. Вечером, когда тени сначала удлиняются, а потом покрывают всё, я стою у окна. Хендрик проходит через двор, направляясь к кладовой. С реки вдруг доносится щебетание множества птиц, потом они умолкают. В последних лучах света ласточки устремляются к своим гнездам под карнизами и вылетают первые летучие мыши. Из своего логова появляются хищники. Какое отношение к африканской ночи имеют боль, ревность, одиночество? Означает ли что-нибудь женщина, вглядывающаяся через окно в темноту? Я прикладываю к прохладному стеклу все десять пальцев. Рана в моей груди открывается. Если я эмблема — значит, я эмблема. Я незавершенная, я — существо с дыркой внутри, я что-то означаю — не знаю, что именно, — я нема, я вглядываюсь через стекло в темноту, которая завершена, которая живет сама по себе, с летучими мышами, кустарником, хищниками, которая не видит меня, которая слепа, которая ничего не означает, а просто существует. Если я нажму посильнее, стекло раздавится, начнет капать кровь, сверчок прервет на минуту свою песню, а затем снова запоет. Я живу внутри кожи внутри дома. Я не знаю, каким образом могла бы освободиться

и вырваться в мир. Не знаю, каким образом мир мог бы быть привнесен в меня. Я — поток звука, выливающегося во вселенную, тысячи и тысячи частиц — плачущих, стенающих, скрежещущих зубами.

24. Они потеют и напрягаются, дом на ферме скрипит в ночи. Наверное, семя уже в ней, скоро она начнет расползаться и созревать, поджидая, когда постучится ее маленькая розовая свинка. А вот если бы я родила ребенка — если допустить, что меня может постичь такая катастрофа, — он был бы худенький и бледный, непрерывно плакал бы от боли внутри, ковылял бы из комнаты в комнату на рахитичных ножках, цепляясь за передник своей матери и пряча лицо от незнакомцев. Но кто же сделает мне ребенка, кто способен не превратиться в лед при виде моей костлявой фигуры на брачном ложе, шерсти, доходящей до пупка, едко пахнущих подмышек, черных усов, внимательных, настороженных глаз женщины, которая никогда не теряет самообладания? Сколько нужно попыхтеть, прежде чем проникнуть в мой дом! Кто смог бы разбудить мои спящие яйцеклетки? И кто же будет присут-

ствовать при родах? Мой отец, нахмуренный, с хлыстом? Темнокожие запуганные слуги, на коленях подносящие связанного ягненка, первые фрукты, дикий мед и посмеивающиеся над чудом непорочного зачатия? Из дырки он высовывает свое рыло — сын отца, Антихрист пустыни, пришедший, чтобы вести свои танцующие орды в землю обетованную. Они кружатся и бьют в барабаны, они потрясают топорами и вилами, они следуют за ребенком, в то время как его мать на кухне колдует над огнем, или потрошит петухов, или хихикает в своем окровавленном кресле. Разум, достаточно безумный для отцеубийства и псевдо-матереубийства и кто знает для каких еще злодеяний, несомненно, может вообразить эпилептического фюрера и марш банды самонадеянных рабов в маленький городишко, где солнечный пожар зажигает серебряные крыши и где их лениво перестреляют из окошек. Они лежат в пыли, сыновья и дочери готтентотов, мухи ползают по их ранам, их увозят в телегах и хоронят, сваливая трупы в общую яму. Мучаясь родовыми схватками под тяжестью моего отца, я борюсь, чтобы дать жизнь миру, но, кажется, порождаю только смерть.

25. При свете фонарика я вижу, как они спят блаженным сном удовлетворенных — она на спине, ночная сорочка собралась складками на бедрах; он — лицом вниз, левая рука в ее руке. Я приношу не большой нож мясника, как думала раньше, а топорик — оружие валькирий. Я погружаюсь в тишину, как истинный любитель поэзии, дыша с ними в унисон.

26. Мой отец лежит на спине, обнаженный, пальцы его правой руки переплетены с пальцами ее левой, челюсть отвисла, темные глаза закрыты, скрыв весь свой огонь и молнии, из горла исходит влажный храп, а усталая слепая рыба, причина всех моих бед, свисает у него в паху (хорошо бы ее выдернули давным-давно со всеми ее корнями и луковицами!). Топор свистит у меня над плечом. Самые разные люди делали это до меня — жены, сыновья, любовники, наследники, соперники, — я не одна. Как шарик на веревочке, он плывет вниз на конце моей руки, врезается в горло, находящееся подо мной, и внезапно все приходит в движение. Женщина резко садится в постели, озираясь, она обрызгана кровью и поражена сердитым свистом и хрипом рядом с ней. Какое счастье, что в такие

минуты события разворачиваются сами собой и не требуется ни руководителя, ни присутствия духа! Она ерзает, чтобы сорочка благопристойно опустилась на бедра. Подавшись вперед и ухватившись за одно из их четырех коленей, я наношу гораздо более меткий удар по ее макушке. Она опускает голову в колени и валится влево, свернувшись в клубок; мой театральный томагавк засел у нее в голове. (Кто бы мог подумать, что я способна нанести подобные удары?) Но с этой стороны кровати по мне скребут пальцы, я теряю равновесие, мне нужно сохранять хладнокровие, я должна оторвать их, один за другим, вернуть (с некоторым усилием) свой топорик и с отвращением рубить эти руки, эти ладони, пока не улучу свободную минутку, чтобы накинуть простыню на всю эту дрожащую массу и утихомирить ее. И вот я уже наношу удары в ровном ритме — возможно, дольше, чем требуется, одновременно успокаивая себя и готовясь к тому, что должно стать новой фазой моей жизни. Потому что больше мне не нужно беспокоиться о том, чем заполнить свои дни. Я нарушила заповедь, а виновным не может быть скучно. Мне нужно избавиться от двух тел взрослых людей и уничтожить множество следов кровопролития. Нужно придать должное выражение лицу, сочинить историю — и все это до рассвета, когда Хендрик зайдет за ведром перед доением!

27. Я спрашиваю себя: почему с того самого момента, как она приехала по равнинам в высоком двухколесном экипаже, в который была впряжена лошадь с плюмажем из страусовых перьев, в пыли после долгого путешествия, в своей широкополой шляпе, я отказывалась с ней говорить, упрямо заставляя себя продолжать монолог моей жизни? Могу я вообразить, каково бы это было — перелистывать вместе с ней страницы утра за дымящейся чашкой чая, когда за окном квохчут цыплята, а слуги тихонько болтают на кухне, и какой был бы настрой — сдержанный или безмятежный? Могу я вообразить, как вырезаю с ней выкройки или прогуливаюсь по саду под ручку, хихикая? Возможно ли, что я пленница не одинокого дома на ферме и каменной пустыни, а своего каменного монолога? Были ли мои удары нацелены на то, чтобы закрыть эти проницательные глаза или заставить умолкнуть ее голос? Не могли бы мы, склонившись над чашками чая, научиться ворко-

вать друг с другом; или, быть может, проплывая мимо друг друга в темном коридоре, в час сиесты, когда жарко и не уснуть, дотронулись бы, обнялись, прижались? Разве не могли бы эти насмешливые глаза смягчиться, разве не могла я сдаться, разве не могли мы пролежать весь полдень в объятиях друг друга, шепчась, — две девчонки вместе? Я глажу ее лоб, она утыкается носом в мою руку, я отражаюсь в темных прудах ее глаз, я не имею ничего против.

28. Я спрашиваю себя: что же во мне такое, что заманивает меня в запретные спальни и заставляет совершать запретные поступки? Может быть, жизнь в пустыне в этом чехле из черной ткани закрутила меня в такой клубок зловещей энергии, что даже коробейник или гостящий у нас троюродный брат должны опасаться, как бы не отравили еду или не зарезали в постели? Доводит ли элементарная жизнь до элементарных состояний — чистого гнева, чистого чревоугодия, чистой праздности? Не потому ли я никогда не покидала ферму, чуждая городской жизни, предпочитая погружаться в пейзаж символов, где простые страсти могут бушевать и вертеться вокруг своих соб-

ственных центров, в безграничном пространстве, в бесконечном времени, создавая свои собственные формы проклятия?

29. Я спрашиваю себя: справедлива ли я к городу? Разве нельзя представить себе город, над крышами которого плывут дымки тысячи личных очагов, с улиц которого доносится шелест скороговорки тысячи про́клятых голосов? Возможно, но это слишком живописно, а я не художник.

30. Я спрашиваю себя: что же мне делать с телами?

31. Глубоко-глубоко под землей текут подземные реки, неся прозрачные воды через темные пещеры, и, если только до них добраться, это могилы для всех семейных тайн в мире. Я вхожу в теплую воду запруды, ища водосброс, который в наших снах манит нас из глубины и ведет в подземное царство. Моя юбка колышется и плавает вокруг талии, как черный цветок. Ноги ощущают ласковое прикосновение красного ила и зеленой ряски. Как брошенные близнецы, мои туфли следят за мной с берега.

Из всех приключений самоубийство — самое литературное. Когда история подходит к концу, из тебя начинает бить ключом вся дурная поэзия последней минуты. Я бросаю долгий спокойный прощальный взгляд на небо и звезды, которые, вероятно, отвечают мне долгим спокойным безразличным взглядом, делаю последний милый сердцу выдох (до свидания, душа!) и ныряю в пропасть. Затем элегический транс проходит, и остается холод и вода; все начинает смахивать на фарс. Мое нижнее белье надувается в воде шаром. Я слишком быстро касаюсь дна, а мифического водоворота нет и в помине. Вода, попавшая в ноздри, вызывает кашель и слепую панику организма, который хочет жить. Работая руками и ногами, я выбираюсь на поверхность. Моя голова чуть не взрывается, когда я жадно глотаю ночной воздух и кашляю, исторгая из себя воду. Я пытаюсь лечь на воду, но я устала, устала. Возможно, пару раз бью по воде деревянными руками. Возможно, погружаюсь второй раз, теперь уже глотая воду с меньшим отвращением. Возможно, снова всплываю на поверхность, все еще размахивая руками, но в то же время ожидая интерлюдии покоя, чтобы проверить и ощутить вялость мускулов.

Возможно, теперь я бью по воде лишь в одном месте, заключая последнюю сделку, меняя дыхание на единственное слово — наполовину вода, наполовину мольба, обращенная к отсутствующим, ко всем отсутствующим, которые собрались сейчас на небе в вихре отсутствия — далекие, невидимые, — отозвать собак, отозвать шутку, прежде чем я снова нырну и предамся серьезному исследованию своих последних минут.

32. Но что знаю я об исследовании этих глубин — я, рабочая лошадь, которая проводит свои дни над кастрюлей в закопченном уголке, а ночами прижимает костяшки пальцев к глазам, наблюдая, как кружатся и низвергаются каскадом кольца света, и ожидая видений? Вероятно, умирание, так же, как и убийство, более унылая история, чем та, которую я себе рассказываю. Лишенная человеческого общения, я неизбежно переоцениваю воображение и окружаю земное сияющей аурой. И однако для чего эти великолепные закаты, спрашиваю я себя, если природа не разговаривает с нами языками пламени? (Меня не убеждают разговоры о взвешенных частицах пыли.) Для чего всю ночь поют сверчки, а на рассвете — пти-

цы? Но уже поздно. Если есть время для размышлений, то также есть время, чтобы вернуться на кухню; а в данный момент передо мной стоит серьезная задача: нужно избавиться от трупов. Ведь скоро Хендрик откроет дверь черного хода, и хотя слуги близко соприкасаются с грязью своих хозяев — а в перспективе трупы превратятся в грязь, — Хендрик не только слуга, но и посторонний. Сначала придет Хендрик за ведром для доения, затем, несколько позже, явится Анна, чтобы мыть посуду, подметать пол, стелить постели. Что подумает Анна, когда обнаружит, что в доме тишина и лишь из спальни хозяина доносится звук: там скребут пол? Она колеблется, прислушиваясь, затем стучит в дверь. Я вскрикиваю в испуге, и она слышит мой голос, приглушенный тяжелой дверью: «Нет, не сегодня! Анна, это ты? Не сегодня — приходи завтра. А сейчас, пожалуйста, уйди». Она удаляется неслышным шагом. Прижавшись ухом к скважине, я слышу, как за ней захлопывается дверь черного хода, а потом, когда она, должно быть, уже вне пределов слышимости, — ее шаги по гравию. Почуяла ли она кровь? Пошла ли она рассказывать?

33. Женщина лежит на боку, поджав колени к подбородку. Если я не поспешу, она застынет в этом положении. Ее волосы упали на лицо липким темно-красным крылом. Хотя последним ее движением была попытка увернуться от топора, прикрыв глаза и сжав зубы, сейчас лицо ее спокойно. А мужчина, цеплявшийся за жизнь, в последней тщетной попытке рванулся в иллюзорную зону безопасности. Голова и руки свисают с кровати, они черны от тяжелой крови. Для него было бы лучше отдаться кроткому призраку, следуя за ним как можно дальше, видя закрытыми глазами ласточку, — она парит в воздухе, скользит, взвивается ввысь.

34. Какое счастье, что в такие моменты существует лишь одна проблема — проблема чистоты. Пока не будет убран кровавый послед, для меня не может быть новой жизни. Простыни пропитаны кровью, и их нужно сжечь. Матрас тоже придется сжечь, хотя и не сегодня. На полу — лужа крови, и крови станет еще больше, когда я перемещу тела. Что делать с телами? Их можно сжечь, или закопать, или утопить. Если закопать или утопить, придется вынести их из дома. Закопать их можно только там, где

мягкая земля, — в русле реки. Но если закопать их в русле реки, они всплывут при следующем разливе или во время второго разлива и предстанут перед миром, обнимая друг друга истлевшими руками, привалившись к изгороди, — там, где изгородь пересекает реку. Если привязать к трупам груз и утопить их в заводи, они отравят воду, а во время следующей засухи обнаружатся два скелета в цепях. Однако в любом случае их нужно вынести из дома — либо целиком (на тачке), либо в свертках. Как четко работает мой ум — словно машина! Хватит ли у меня сил, чтобы без всякой помощи вывезти их на тачке, или придется расчленить? Способна ли я унести хотя бы одно туловище? Есть ли способ расчленить туловище без непристойности? Мне бы следовало раньше уделять больше внимания искусству мясника. И каким образом можно приковать цепями тело к скале, не сверля дыры? И с помощью чего? Дрели? Коловорота? А если, в качестве альтернативы, бросить их на муравейник или оставить в отдаленной части фермы, в пещере? А как насчет погребального костра во дворе за домом? А что, если спалить дом, чтобы он обрушился на нас всех? Способна ли я на это?

35. Разумеется, истина заключается в том, что я способна на всё. Просто я совсем сбита с толку своей свободой. Для выполнения этих задач требуется лишь терпение и безупречность, а уж этого у меня навалом, как у муравья, и к тому же крепкий желудок. Если я поброжу по холмам, то непременно найду булыжники с дырками, которые проделала в них капающая вода в ледниковый период, или они образовались во время вулканического катаклизма. В сарае должно быть полно цепей, ниспосланных провидением, которые до сего момента лежали себе незаметно, а теперь вдруг бросились в глаза; а еще — бочонки с порохом, вязанки сандалового дерева. Но сейчас я уже размышляю о том, не пора ли мне найти сообщника с сильными мускулами, который, не задав ни одного вопроса, взвалит трупы себе на плечи и зашагает прочь, чтобы быстро и эффективно от них избавиться, например бросить в отработанную буровую скважину и завалить сверху огромным камнем. Потому что настанет день, когда мне понадобится другое человеческое существо, необходимо будет услышать чей-то голос, даже если он будет произносить одни ругательства. Этот монолог — лабиринт из слов, из которого

мне не выбраться, если кто-нибудь меня не выведет. Я закатываю глаза, кривлю губы, но лицо в зеркале — это мое лицо, и оно будет оставаться моим, даже если я суну его в огонь и оно начнет оплывать. Неважно, с каким неистовством я занимаюсь смертью и барахтаюсь в крови и мыльной пене, неважно, какой волчий вой я испускаю в ночи, — мои поступки, разыгрываемые в зловещем театре для себя, — всего лишь поведение. Я никого не оскорбляю, поскольку некого оскорблять, за исключением слуг и мертвых. Как мне спастись? И неужели это в самом деле я — вот эта леди с голыми коленками, которая скребет пол? Участвовала ли я, истинная, глубинная я, в этих событиях — или просто присутствовала в какой-то момент времени, в какой-то точке пространства, в которой сгусток насилия, а за ним — сгусток отскребывания (ради слуг) с шумом пронеслись по своему пути из никуда в никуда? Если я повернусь спиной и уйду, не полетит ли вся кровавая сцена, освещенная фонарем, в туннель памяти, уменьшаясь, и я останусь в мрачной маленькой комнате в конце коридора и буду тереть глаза костяшками пальцев, ожидая, что брови отца срастутся, потом — черные озера под ними, потом — пещера рта, из которой все доносится эхо, повторяющее вечное *нет*?

36. Потому что, в конце концов, он не умирает так легко. Вот он, раздраженный, уставший, едет верхом на фоне заката, кивает в ответ на мое приветствие, входит в дом и тяжело опускается в кресло в ожидании, чтобы я помогла ему стянуть сапоги. Значит, все как встарь. Он не привез домой новую жену, и я все еще его дочь, а если смогу взять назад плохие слова — даже его хорошая дочь. Правда, как я вижу, лучше мне держаться подальше от него, пока он размышляет над неудачей, которую не понять мне, несведущей в любовных отношениях, поскольку меня держали всю жизнь впотьмах. Мое сердце бешено бьется от этого второго шанса, но я двигаюсь осторожно, склонив голову.

37. Мой отец отталкивает еду, к которой не притронулся. Он сидит в гостиной, пристально глядя в камин. Я зажигаю для него лампу, но он жестом отсылает меня прочь. В своей комнате я подрубаю шов, вслушиваясь в тишину. Не слышны ли его вздохи между удара-

ми часов? Я раздеваюсь и ложусь спать. Утром гостиная пуста.

38. Шесть месяцев тому назад Хендрик привез домой свою новую жену. Они катили по равнинам в высоком двухколесном экипаже, в пыли после долгого путешествия из Армоэде. На Хендрике был черный костюм, который отдал ему мой отец, рубашка, застегнутая до самого верха, и старая фетровая шляпа с широкими полями. Рядом с ним сидела новобрачная, комкая в руках свою шаль, настороженная и незащищенная. Хендрик купил девушку у ее отца за шесть коз и пятифунтовую банкноту, пообещав дать еще пять фунтов, а может быть, еще пять коз, — такие вещи как-то всегда пропускаешь мимо ушей. Я никогда не видела Армоэде, я вообще никогда нигде не была, ничего не знаю наверняка — быть может, я просто призрак или химера, плавающая в точке пересечения определенной долготы и определенной широты, подвешенная здесь неведомым трибуналом и осужденная висеть до тех пор, пока не случится нечто: загонят кол в сердце трупа, погребенного на перекрестке дорог, или рухнет где-нибудь замок в озере — словом,

что-нибудь такое. Я никогда не бывала в Армоэде, но без всяких усилий — таково уж одно из моих свойств — могу вообразить унылый холм, незащищенный от ветра, железные лачуги с мешковиной вместо дверей, цыплят, роющихся в пыли, сопливых детишек, которые таскают ведра с водой из запруды, и опять тех же цыплят, рассыпавшихся теперь перед экипажем, в котором Хендрик увозит свою жену-ребенка, застенчивую, покрытую платком, а шесть коз, составляющих приданое, тычутся носом в колючки и наблюдают желтыми глазами за сценой во всей ее полноте, которой мне вовеки не узнать: колючий кустарник, навозная куча, цыплята, дети, бегущие за экипажем, — и все это едино под солнцем, невинно, но для меня — лишь названия, названия, названия. Вне всякого сомнения, если что и поддерживает меня (видите, как по крыльям моего носа катятся слезы, и только метафизика не дает им упасть на страницу: я плачу по этой утраченной невинности, моей и человечества), так это моя решимость, моя железная решимость, моя железная, упрямая, смехотворная решимость прорваться сквозь экран названий и увидеть глазами коз Армоэде и каменную пустыню, что бы ни говорили философы (а что знаю я, бедный провинциальный синий чулок, о философии, когда оплывает свеча и часы бьют десять?).

39. Забывшись сном, она лежит всю ночь рядом с Хендриком — ребенок, который еще растет, то чуть-чуть у коленки, то немного у запястья, но пропорции всегда выдерживаются. В прежние времена, когда Хендрик и его родня следовали за своими курдючными овцами с одного пастбища на другое, в тот золотой век, когда еще не появилась гусеница — несомненно, на крыльях завывающей бури, — и снимались с лагеря в том самом месте, где сижу я (какое совпадение!), быть может, тогда, когда Хендрик был патриархом, не преклонявшим колено ни перед кем, он ложился в постель с двумя женами, почитавшими его, выполнявшими его волю, приноравливавшими свои тела к его желаниям, — старая жена с одной стороны, молодая — с другой, тесно прижавшись к нему; вот как я представляю себе это. Но сегодня вечером у Хендрика всего одна жена, и у старого Якоба в школьном доме всего одна жена, которая дуется и брюзжит. В полночь ветер доносит

ее сварливый голос — к счастью, слов не разобрать, ни к чему все эти ссоры, — но тон явно осуждающий.

40. Этот дом не принадлежит Хендрику. Никто не может получить в наследство пустыню из камня, никто, кроме насекомых, в числе которых и я сама — худой черный жук с фальшивыми крыльями, который не откладывает яйца и моргает на солнце, являя собой подлинную загадку для энтомологов. В былые времена предки Хендрика исходили вдоль и поперек пустыню со своими стадами и скарбом. Направляясь из А в Б или из Ю в Я, отыскивая воду, оставляя отставших, совершая форсированные марши. Потом однажды начали возводиться изгороди — конечно, я фантазирую, — и всадники подъезжали и, заслонив от солнца лицо, приглашали остановиться и осесть; возможно, это были приказы, а то и угрозы — кто знает? — и таким образом они становились пастухами, а потом и их дети, а их женщины брали на дом стирку. Эта колониальная история завораживает; интересно, возможна ли спекулятивная история, по аналогии со спекулятивной философией, спекулятивная теология,

и теперь, по-видимому, возможна и спекулятивная этимология, высосанная из моего пальца, — не говоря уже о географии каменной пустыни и скотоводстве. И экономика: как мне объяснить экономику моего существования, с мигренями и сиестами, тоской, спекулятивной вялостью, если только у овец не будет какой-нибудь еды (в конце концов, это же не ферма насекомых); а что я для них припасла, кроме камня и колючего кустарника? Овцы питаются кустарником, я питаюсь овцами; выгоревшая трава, серые колючие кустарники, совершенно не соблазнительные на мой взгляд, овцам кажутся вкусными и сочными. В колониальной истории есть еще один великий момент: первого мериноса выгружают с борта судна с помощью блоков и тросов, в парусиновом бандаже, и он в ужасе блеет, не ведая, что это земля обетованная, где овцы будут поколение за поколением поедать колючки, обеспечивая экономическую базу для присутствия моего отца вместе со мной в этом одиноком доме, в котором мы с нетерпением ждем, чтобы выросла шерсть, и собираем вокруг себя остатки исчезнувших племен готтентотов, навечно делая их дровосеками, водоносами, пастухами и слугами в доме, и в котором нас пожирает скука и мы отрываем мухам крылья.

41. Хендрик родился не здесь. Он прибыл из ниоткуда — дитя какого-то отца и какой-то матери, неизвестных мне, отправленный в мир в тяжелые времена, с благословением или без оного, чтобы зарабатывать свой хлеб. Однажды днем он появился и попросил работу, хотя не могу себе представить, почему пришел именно сюда: мы находимся на дороге, которая не ведет из А в Б, если такая судьба возможна с точки зрения топологии, — надеюсь, я правильно употребила это слово, ведь у меня никогда не было преподавателя, я же не одна из тех длинноногих вульгарных девиц, к которым странствующие учителя любят придвигать поближе свой стул; нет, я угрюмая и потею и глупею от страха. Хендрик прибыл однажды днем — наверно, это был мальчик лет шестнадцати, разумеется, запыленный, с палкой в руке и сумкой на плече; остановившись у подножия лестницы, он смотрел вверх, на моего отца, который сидел там и курил, устремив взгляд вдаль: такова наша привычка здесь — смотреть вдаль, смотреть на огонь в очаге, и, должно быть, отсюда наша

склонность к созерцанию. Хендрик снял шляпу — характерный жест: шестнадцатилетний мальчик, прижимающий шляпу к груди; здесь все мужчины и юноши носят шляпы.

— Хозяин, — сказал Хендрик, — добрый день, хозяин. Я ищу работу.

Мой отец откашлялся и сглотнул слюну. Я передаю его слова; не знаю, услышал ли Хендрик то, что услышала я помимо слов, — возможно, в тот день не услышала, но слышу теперь внутренним слухом: полутона уныния или пренебрежения.

— Какую работу ты ищешь?

— Какую угодно — просто работу, хозяин.

— Откуда ты?

— Из Армоэде, мой хозяин. Но теперь я иду от хозяина Кобуса. Хозяин Кобус сказал, что у хозяина есть здесь работа.

— Ты работаешь на хозяина Кобуса?

— Нет, я не работаю на хозяина Кобуса. Я искал там работу. Потом хозяин Кобус сказал, что у хозяина есть работа. Вот я и пришел.

— Какую работу ты можешь выполнять? Ты можешь работать с овцами?

— Да, я знаю овец, хозяин.

— Сколько тебе лет? Ты умеешь считать?

— Я сильный. Я буду работать. Хозяин увидит.

— Ты один?

— Да, хозяин, сейчас я один.

— Ты знаешь людей на моей ферме?

— Нет, хозяин, я здесь никого не знаю.

— Теперь слушай внимательно. Как тебя зовут?

— Хендрик, мой хозяин.

— А теперь слушай внимательно, Хендрик. Ступай на кухню и скажи Анне, чтобы дала тебе хлеб и кофе. Скажи ей, что она должна устроить для тебя место, где ты будешь спать. Мне нужно, чтобы завтра рано утром ты был здесь. Тогда я скажу тебе, что делать. А теперь иди.

— Да, мой хозяин. Спасибо, мой хозяин.

42. Как приятно слушать подобный диалог! Вот если бы вся моя жизнь была такой: вопрос и ответ, слово и эхо — вместо мучительных «А дальше?», «А дальше?». Разговор мужчин так ясен, так спокоен, так деловит. Мне следовало родиться мужчиной, тогда я не стала бы такой кислой; я проводила бы дни на солнце, делая то, что делают мужчины: копала бы ямы, строила изгороди, считала овец. А что ждет меня на кух-

не? Болтовня служанок, сплетни, болезни, дети, запахи еды, кошки, трущиеся о ноги, — какую жизнь можно вести в таком окружении? Хотя я десятилетиями питаюсь бараниной, тыквой и картофелем, я не приобрела челюсти, бюст и бедра настоящей, дородной сельской женщины — лишь мои тощие ягодицы обвисли вдоль ног. Увы, моей силы воли, которую я рисую себе как провод в чехле из крепа, недостаточно, чтобы вечно противостоять молекулам жира: погибая миллионами в кампаниях против маленьких зверьков моей крови, они все же рвутся вперед (я представляю их себе в виде множества слепых ртов), когда я год за годом сижу за столом напротив моего молчаливого отца, прислушиваясь к крошечным зубкам внутри меня. Не следует ожидать чудес от тела. Даже я умру. Как это отрезвляет!

43. Зеркало. Я унаследовала его от своей давно утраченной матери, чей портрет, должно быть, висит на стене в столовой над головами моего молчаливого отца и молчаливой меня; правда, когда я вызываю в памяти эту стену, то почему-то обнаруживаю в этом месте лишь серое пятно... Унаследовала от моей

давно утраченной матери, которую однажды найду; зеркало вделано в дверцу платяного шкафа, находящегося напротив моей кровати. Созерцание собственного тела не доставляет мне удовольствия, но когда я заключаю себя в ночную сорочку белого цвета — белый для ночи, черный для дня, вот как я одеваюсь — и надеваю носки в зимний холод и чепчик от сквозняков, то иногда оставляю свет и, полулежа в постели и опираясь на локоть, улыбаюсь изображению, которое смотрит на меня полулежа и опершись на локоть, а иногда даже говорю с ним — или с ней. В такие минуты, как эта, я замечаю (какое полезное устройство зеркало, оно ясно все показывает — если только можно назвать его устройством, ведь зеркало такое простое, оно лишено механизма), как густо разрослись волосы у меня между глазами, и размышляю о том, нельзя ли эти заросли (будем говорить без обиняков, мне не за что любить свое лицо) выщипать пинцетом или даже выдернуть все разом, как пучок морковки, клещами, создав иллюзию мягкости и ровного характера. И не пойдет ли также на пользу моему облику, если я освобожу свои волосы от сетки, которую ношу в дневное время, и шпилек, и от ночного чепчика, вымою их и распущу — они покроют шею, а когда-нибудь, быть может, упадут на плечи. Ведь если волосы растут у трупов, почему бы им не вырасти у меня? И, может быть, я стану не такой уродливой, если что-нибудь сделаю со своими зубами, которых у меня слишком много, — пожертвую некоторыми, чтобы выросли другие, если я еще не слишком стара для этого? Как спокойно я отношусь к тому, чтобы вырвать зубы: я боюсь многих вещей, но боль, по-видимому, не входит в их число. Я усядусь перед зеркалом (говорю я себе), захвачу клещами обреченный зуб и буду тащить и переживать, пока он не выйдет. Потом перейду к следующему. А покончив с зубами и бровями, перейду к цвету лица. Я буду каждое утро бежать в сад и, стоя под деревьями — абрикосовыми, персиковыми, фиговыми, — пожирать фрукты, пока у меня не смягчится кишечник. Я буду совершать утренний моцион, прогуливаясь по руслу реки, и вечерний — по холмам. Если причина физиологическая — из-за которой моя кожа такая дряблая и бледная, тело такое худое и тяжелое (если такое сочетание возможно), то я порой думаю: уж не сто́ит ли во мне кровь лужами, вместо того чтобы течь, или уж не двадцать ли одна у меня кожа вместо семи, как пишу в книгах? — тогда и лечение должно быть физиологическим; если же это не так, то во что остается верить?

44. Однако какой радостью было бы быть просто некрасивой безмятежной пустоголовой наследницей, готовой вручить тело и душу первому встречному — даже коробейнику или странствующему учителю латыни, — и родить ему шесть дочерей, и сносить его побои и ругань с христианским терпением, и жить пристойной тусклой жизнью, вместо того чтобы, опершись на локоть, созерцать себя в зеркале в атмосфере сгущающихся сумерек и обреченности, если мне верно подсказывают мои кости. Почему, если я способна так решительно вылезти из своей теплой постели в пять утра, чтобы разжечь огонь в плите, с посиневшими от холода ногами и руками, растрескавшимися от прикосновения к ледяной медной посуде, — почему я не могу сейчас вскочить, побежать в лунном свете к ящику с инструментами, в сад и начать весь комплекс лечения — выдергивание волос, удаление зубов и поедание фруктов, — пока еще не слишком поздно? Или есть во мне

что-то такое, что любит мрачное, ужасное, обреченное, что обнюхивает свое гнездо и сворачивается калачиком в темном углу среди крысиного помета и куриных костей и ни за что не согласится вести пристойное существование? А если это так, то откуда оно взялось? Из монотонности моего окружения? Из всех этих лет, проведенных в сердце природы, в семи мигах от ближайшего соседа, от игры с палочками, камнями и насекомыми? Думаю, что это не так, — хотя кто я такая, чтобы судить. От моих родителей? От моего отца, сердитого, нелюбящего? От моей матери, этого затуманенного овала на стене, за спиной у отца? Возможно. Возможно, от них, вместе или порознь, а до них — от моих четырех бабушек и дедушек, которых я забыла, но в случае необходимости наверняка смогу вспомнить, и от моих восьми прабабушек и прадедушек и шестнадцати прапрабабушек и прапрадедушек, и еще от тридцати двух до них, и так далее, пока мы не доберемся до Адама и Евы и в конце концов до десницы Божьей, — с помощью процесса, математический аспект которого всегда ускользает от меня. Первородный грех, вырождение линии — вот две прекрасные, смелые гипотезы, объясняющие мое уродливое лицо и мои темные желания, а также нежелание вскочить сию минуту с кровати и заняться своим лечением. Но меня не интересуют объяснения. Все эти «отчего» и «почему». Судьба — вот что меня интересует; или ошибка судьбы — словом, то, что должно со мной случиться. Женщина в ночном чепчике, глядящая на меня из зеркала, женщина, которая в определенном смысле я, угаснет и растает в сердце страны, если у нее не будет хотя бы жидкой кашки событий, чтобы питаться. Мне не улыбается стать одной из тех, кто смотрится в зеркало и ничего не видит или ходит под солнцем и не отбрасывает тень. Мне решать.

45. Хендрик. Хендрику платят натурой и наличными. То, что когда-то составляло два шиллинга, к концу месяца возросло теперь до шести шиллингов. А еще — две овцы на убой и еженедельная норма муки, маиса, сахара и кофе. У него свой собственный огород. Одевается он в вещи с отцовского плеча, еще в хорошем состоянии. Он делает себе обувь из кож, которые дубит. В воскресенье у него всегда выходной. Когда заболевает, его лечат. Когда он состарится и не сможет работать, его обязанности перейдут

к человеку помоложе, а Хендрик будет сидеть на скамейке на солнышке и наблюдать, как играют его внуки. На кладбище определено место, где его похоронят. Его дочери закроют ему глаза. Существуют и другие варианты образа жизни, но я не знаю более мирного, чем этот.

46. Хендрик хочет начать свой род, смиренный род, параллельный роду моего деда и моего отца — если упомянуть лишь их. Хендрику хотелось бы, чтобы его дом был полон сыновей и дочерей. Вот почему он женился. Второй сын, думает Хендрик, будет послушным, останется при отце, научится делать работу на ферме, будет помощником, женится на хорошей девушке и продолжит род. Дочери, думает он, будут работать на кухне в доме хозяина фермы. Воскресными вечерами они будут женихаться с парнями с соседних ферм, которые будут проезжать эпические расстояния по велду на своих велосипедах, с гитарами за плечами, и нарожают внебрачных детей. Первый сын, задиристый малый, из тех, кто никогда не скажет «да», покинет дом, чтобы найти работу на железной дороге, и его зарежут в уличной драке, и он умрет в одиночестве, и это разобьет сердце

его матери. Что касается других сыновей, они, быть может, тоже уйдут искать работу, и больше о них не будет ничего слышно, или, возможно, они умрут в младенчестве, и соответствующий процент дочерей — тоже, так что древо рода станет разветвляться, но не слишком. Таковы амбиции Хендрика.

47. Хендрик нашел себе жену, потому что он уже не молодой человек, потому что он не хочет, чтобы его род навсегда прервался на земле, потому что он начал бояться ночи, потому что человек не создан для того, чтобы жить одному.

48. Я ничего не знаю о Хендрике. Причина в том, что все годы, проведенные нами на ферме, он знал свое место, а я выдерживала дистанцию; и благодаря сочетанию этих двух вещей — места и дистанции — мой взгляд, брошенный на него, его взгляд, брошенный на меня, оставались доброжелательными, нелюбопытными, отстраненными. Это сходит для меня за объяснение. Хендрик — человек, который работает на ферме. Он всего лишь высокий темнокожий мужчина с прямыми плечами, высокими скулами и косящими глазами, проходя-

щий по двору быстрой походкой, которую мне не изобразить: ноги вращаются от бедра, не сгибаясь в коленях; этот человек забивает для нас овец и подвешивает тушу на дереве, колет дрова, доит корову и по утрам говорит: «Доброе утро, мисс», приподнимая шляпу, перед тем как приступить к своим обязанностям. У каждого из нас свое место, у Хендрика и у меня, согласно старому-старому кодексу. Мы плавно двигаемся, исполняя фигуры нашего танца.

49. Я выдерживаю традиционную дистанцию. Я хорошая хозяйка — справедливая, беспристрастная, благожелательная, ни в коей мере не ведьма. Для слуг моя внешность не имеет значения, и я благодарна за это. Поэтому то, что я ощущаю в дуновении предрассветного ветра, ощущаю не я одна. Мы все это чувствуем, и все мы мрачнеем. Я лежу без сна, прислушиваясь к крикам, приглушенным, сдавленным, в которых звучит желание, печаль, раздражение и мука — даже мука; они сотрясают дом, так что можно подумать, будто в нем поселились летучие мыши — печальные, раздраженные, томящиеся летучие мыши, ищущие потерянное гнездо и завывающие так пронзительно,

что от этого звука съеживаются собаки; эти вопли обжигают мое внутреннее ухо, которое даже в глубоком сне настроено на сигналы моего отца. Это из его спальни доносятся крики, еще более громкие, сердитые и печальные, — с тех пор как Хендрик привез свою молодую жену из Армоэде, когда за экипажем лениво вздымалась пыль, ослы тащили его вверх по тропинке к коттеджу, усталые после долгой поездки. Хендрик останавливается у дверей, опускает хлыст, вылезает из экипажа и снимает девушку, затем, повернувшись к ней спиной, начинает распрягать. И мой отец, стоящий на веранде, в шестидесяти ярдах от них, впервые видит в полевой бинокль красный платок, широко расставленные глаза, острый подбородок, мелкие зубки, лисью челюсть, тонкие руки, стройное тело Анны Хендрика.

50. Большой луч моего видения качается и на какое-то мгновение освещает ребенка-жену Хендрика, выходящую из экипажа. Потом, словно я смотритель маяка, привязанный ремнями к стулу, чтобы не смыл предательский седьмой вал, девушка исчезает из моего поля зрения в темноту; я слышу скрежет зубчиков,

которые поворачивают фонарь, и жду, когда в поле зрения появятся Хендрик, или мой отец, или та, другая женщина и высветятся на минуту светом, который исходит от меня, — возможно, это даже не свет, а огонь. Мне нужно только, говорю я себе, сбросить ремни и повернуть рычаг, который у меня под рукой, чтобы зубчики перестали скрежетать и луч света упал на девушку, ее тонкие руки; но я трусиха (если упомянуть одну лишь трусость), и луч раскачивается, и через минуту я вижу каменную пустыню, или коз, или мое лицо в зеркале, и я могу перевести дух и расслабиться. Хотя я могу мучительно желать отречься от трона сознания ради того, чтобы перейти в режим существования коз или камней, это мучение вполне можно вынести. Сидя здесь, я удерживаю коз и камни, всю ферму и даже то, что ее окружает, в этой своей прохладной, отчуждающей среде подвешенными и заменяю их, одно за другим, словами. Горячий порыв ветра вздымает коричневато-желтую пыль. Пейзаж успокаивается и замирает. Потом Хендрик снимает свою жену из экипажа. Не ведая, что за ней наблюдают в полевой бинокль, она делает свои первые шаги по направлению к коттеджу, все еще держа в руках увядший букет, ноги обрисовываются под ситцевой юбкой, и слова снова начинают спотыкаться. Слова — это монеты. Слова отчуждают. Язык не является средством выражения для желания. Желание — это экстаз, а не обмен. Только с помощью отчуждения желанного объекта язык может справиться с задачей. Жена Хендрика, ее озорные глаза лани, ее узкие бедра — вне пределов досягаемости слов, пока желание не согласится перейти в любопытство наблюдателя. Неистовство желания, выраженное словами, порождает манию каталогизировать. Я борюсь с поговорками ада.

51. В предрассветный час Хендрик пробуждается, разбуженный звуками, слишком тонкими для моего слуха: дуновением ветра, шуршанием птиц на ветках, — которые прогоняют сон. В темноте он надевает брюки, туфли, куртку. Он разводит огонь и варит кофе. У него за спиной незнакомка натягивает на уши звериную шкуру и, устроившись поуютнее, наблюдает за ним. Ее глаза блестят оранжевым светом. Окно закрыто, воздух в коттедже насыщен запахами человеческого тела. Они пролежали го-

лыми всю ночь, просыпаясь и засыпая, пропитывая воздух своими смешанными испарениями: горьковатый запах темнокожих, я хорошо его знаю — должно быть, у меня была темнокожая няня, хотя я не могу ее вспомнить; (я снова принюхиваюсь, другие запахи сильнее); конечно, железный запах крови; перебивающая запах крови тонкая струя возбуждения девушки; и, наконец, пропитывая воздух молочной сладостью, — поток ответной реакции Хендрика. Вопрос не в том, откуда я, одинокая старая дева, знаю такие вещи. Не зря же я провожу вечера, склонившись над словарем. Слова — это слова. Я никогда не претендовала на то, чтобы постичь происходящее ночью. Я имею дело только со знаками. На самом деле вопрос в том, что если уж я знаю такие вещи, то насколько больше должен знать об этом мой отец, и почему не разорвется его горячее сердце, распухнув от зависти? Я подбираю, обнюхиваю, описываю и роняю, переходя от одного предмета к другому, упорно перечисляя своими словами вселенную; но с помощью какого оружия удерживает он на привязи драконов желания? Я не пророчица, но прохладный ветер говорит мне, что надвигается несчастье. Я слышу мрачные шаги в пустых коридорах нашего дома. Я горблюсь и жду. После десятилетий сна с нами что-то должно случиться.

52. Хендрик присел на корточки перед очагом, чтобы налить кипяток в кофейную гущу. Пока длится идиллия, он будет сам себе варить кофе. Потом девушка, превратившись из волшебной гостьи в жену, научится вставать первой, и, несомненно, на нее скоро будут кричать, даже бить ее. Не ведая об этом, она с интересом наблюдает, потирая теплые ступни одна о другую.

53. Хендрик выходит в мир, еще не до конца распростившийся с ночью. В деревьях у русла реки начинается гомон птиц. Звезды чистые, как лед. Под ногами у него поскрипывают камешки. Я слышу, как звенит ведро о каменный пол кладовой, затем торопливой походкой Хендрик направляется в коровник. Мой отец сбрасывает одеяла, слезает с кровати и в одних носках встает на холодный пол. Я в своей комнате уже одеваюсь, поскольку должна приготовить кофе к тому моменту, когда он выйдет на кухню, суровый и нахмуренный. Жизнь на ферме.

54. Ни слова не было сказано о женитьбе между Хендриком и моим отцом с того дня, когда Хендрик пришел попросить разрешения привезти свою жену на ферму, и мой отец ответил: «Делай как знаешь». Свадьбу отпраздновали в Армоэде, а первая брачная ночь была в пути или здесь, не знаю; на следующий день Хендрик вернулся на работу. Мой отец увеличил количество выдаваемых ему продуктов, но не преподнес свадебный подарок. Когда я впервые после объявления о женитьбе увидела Хендрика, я сказала: «Поздравляю, Хендрик», и он, прикоснувшись к шляпе, улыбнулся и ответил: «Благодарю вас, мисс».

55. Сидя на веранде бок о бок, наблюдая, как угасает закат, и ожидая падающих звезд, мы иногда слышим, как за рекой перебирает струны своей гитары Хендрик. Однажды ночью, когда было особенно тихо, мы услышали, как он сыграл целую песенку. Но чаще всего по ночам ветер заглушает хрупкие звуки, и мы как будто находимся на разных планетах: мы — на нашей, они — на своей.

56. Я мало вижу жену Хендрика. Пока его нет дома, она почти все время сидит в коттедже,

выходя лишь за водой к запруде или к реке за дровами, — тогда я безошибочно различаю ее красную косынку, мелькающую среди деревьев. Она знакомится со своей новой жизнью, со стряпней и стиркой, со своими обязанностями по отношению к мужу, со своим собственным телом, с четырьмя стенами, окружающими ее, с видом, открывающимся за входной дверью, и с большим побеленным домом, находящимся в центре этого вида, с крупным мужчиной и проворной худой женщиной, которые выходят на веранду вечерами и сидят, уставившись в пространство.

57. Хендрик и его жена по воскресеньям наносят визиты Якобу и Анне. Они надевают лучшую одежду, запрягают ослов и степенно одолевают полмили пути до школьного здания. Я спрашиваю Анну о девушке. Она отвечает, что та милая, но еще ребенок. Если она ребенок, то кто же тогда я? Я вижу, что Анне хотелось бы взять ее под свое крылышко.

58. Со шляпой в руке Хендрик стоит в дверях кухни, поджидая, пока я взгляну на него. Оторвав взгляд от миски, в которой я разбиваю яйца, я встречаюсь с ним глазами.

— Доброе утро, мисс.

— Доброе утро, Хендрик. Как твои дела?

— У нас все хорошо, мисс. Я пришел спросить: может быть, у мисс есть работа в доме? Для моей жены, мисс.

— Да, Хендрик, возможно, есть. Но где твоя жена?

— Она здесь, мисс. — Он кивает через плечо, потом снова встречается со мной взглядом.

— Скажи ей, чтобы зашла внутрь.

Повернувшись, он говорит: «Эй!» — со строгой улыбкой. Мелькает красное, и у него за спиной появляется девушка. Он делает шаг в сторону, и она стоит в дверях, словно в раме, со сжатыми руками и опущенными глазами.

— Значит, ты тоже Анна. Теперь у нас две Анны.

Она кивает, все еще отворачивая лицо.

— Поговори с мисс! — шепчет Хендрик. Голос у него резкий, но это ничего не означает: мы все знаем, что таковы игры, в которые мы играем друг для друга.

— Анна, мисс, — шепчет Анна. Она тихонько откашливается.

— Тогда ты будешь Анна Маленькая — у нас же не может быть две Анны на одной кухне, не так ли?

Она красива. Голова и глаза большие, как у ребенка, линии рта и скул чистые, словно очерченные карандашом. В этом году, и в следующем, и, возможно, еще один год ты все еще будешь красивой, говорю я себе, пока не родится второй ребенок и пока тебя не изнурят роды, болезни, нищета и монотонность, и Хендрик почувствует себя преданным и озлобится, и вы начнете кричать друг на друга, и твоя кожа покроется морщинами, а глаза потускнеют. Ты еще станешь такой, как я, говорю я себе, не беспокойся.

— Посмотри на меня, Анна, не бойся. Ты хочешь приходить и работать в доме?

Она медленно кивает, потирая подъем большим пальцем ноги. Я смотрю на ее пальцы ног и крепкие икры.

— Ну же, дитя, говори, я тебя не съем!

— Эй! — доносится от дверей шепот Хендрика.

— Да, мисс, — отвечает она.

Я приближаюсь к ней, вытирая руки о передник. Она не уклоняется, но взгляд ее обращается к Хендрику. Взяв за подбородок, я приподнимаю ее лицо.

— Ну же, Анна, тебе нечего бояться. Ты знаешь, кто я?

Она смотрит прямо мне в глаза. Губы ее дрожат. Глаза у нее не черные, а темно-темно-коричневые — темнее даже, чем у Хендрика.

— Итак, кто я такая?

— Мисс — это мисс.

— Ну, так давай же!.. Анна!

Но Анна, моя старая Анна, похоже, все это время околачивается в коридоре, прислушиваясь.

— Анна, это Анна Маленькая. Ты такая славная и большая. А что, если ты будешь у нас Анна Большая, тогда она будет Анна Маленькая. Как это звучит?

— Это звучит чудесно, мисс.

— А теперь слушай: дай ей чаю, затем она сможет приступить к работе. Покажи ей, где находятся принадлежности для мытья пола, — я хочу, чтобы прежде всего она вымыла пол в кухне. А ты, Анна Маленькая, должна завтра принести свою собственную кружку и тарелку. Ты запомнишь?

— Да, мисс.

— Хендрик, ты теперь должен идти, хозяин рассердится, если увидит, что ты здесь слоняешься.

— Да, мисс. Спасибо, мисс.

И все это — на нашем собственном языке, языке нюансов, с гибким порядком слов и выразительными суффиксами — непонятном для постороннего, изобилующем для посвященных моментами солидарности, моментами дистанции.

59. Сегодня утром шел дождь. Несколько дней по небу проносились грозовые тучи, от горизонта до горизонта, доносились отдаленные раскаты грома и царил удушливый сумрак. Потом в середине утра с приглушенными криками начали носиться птицы, прячась в гнездах. Воздух стал неподвижен. Огромные, тепловатые капли воды закапали с неба, потом перестали, а потом дождь начался всерьез, когда гроза с молниями и бесконечными раскатами грома проследовала своим путем — через нас на север. Дождь лил в течение часа. Потом он закончился, запели птицы, от земли пошел пар, и последние свежие ручейки начали уменьшаться и иссякли.

60. Сегодня я заштопала шесть пар носков для моего отца. Существует традиция, которая старше меня и согласно которой Анна не должна заниматься штопкой.

61. Сегодня баранья нога была превосходной: нежной, сочной, в меру зажаренной. Во всем должен быть порядок. Жизнь в пустыне возможна.

62. Когда мой отец проезжает по холму мимо запруды, вокруг его плеч и головы собираются полоски и завитки, оранжевые, розовые, бледно-лиловые, розовато-лиловые — он окружен ореолом заката. Чем бы он ни занимался сегодня (он никогда не говорит, я никогда не спрашиваю), тем не менее домой он возвращается в блеске и славе — великолепный мужчина.

63. Вопреки всем соблазнам праздности, мой отец никогда не переставал быть джентльменом. Когда он выезжает верхом, то надевает сапоги для верховой езды, и я должна помогать ему их снимать, а Анна должна натирать воском. Совершая раз в две недели объезд своих владений, он надевает сюртук и галстук. В коробочке для запонок у него три запонки для воротника. Перед едой он моет руки с мылом. Он церемонно пьет свой бренди, один, из специального бокала — их у него четыре, — при свечах, сидя в кресле. Каждый месяц, негнущийся, как

шомпол, он устраивается на табуретке за кухонной дверью и отдается на волю моих ножниц. Я подстригаю седые волосы, отливающие сталью, приглаживая их ладонью. Потом он встает, встряхивает салфетку, благодарит меня и величественно удаляется. Кто бы мог подумать, что из подобных ритуалов он нанизывает день за днем, неделя за неделей, месяц за месяцем и, по-видимому, год за годом, каждый вечер проезжая верхом на фоне пламенеющего неба, как будто провел весь день в ожидании этой минуты: лошадь стреножена в тени дерева как раз за холмом, а сам он прислонился, полусидя, к седлу, вырезая прищепки для белья, куря, насвистывая сквозь зубы, подремывая, надвинув шляпу на глаза, с карманными часами в руке. Ведет ли он такую потайную жизнь, когда скрыт от глаз, или подобная мысль непочтительна?

64. Раз в шесть дней, когда наши циклы совпадают — его цикл из двух дней, мой — из трех, — мы делим интимность уборной за фиговыми деревьями, опорожняя в ведро свой кишечник и вдыхая дурной запах свежих фекалий другого: либо он — мое зловоние, либо я — его. Откинув деревянную крышку, я сажусь над

его испражнениями — адскими, кровавыми, грубыми — мухи любят такие больше всего, — с кусочками, без сомнения, непереваренного мяса. Мои же собственные (и тут я думаю о том, как он, в спущенных брюках, сидит, зажимая нос, а в черном пространстве под ним яростно жужжат мухи) — темные, оливковые от желчи, слишком долго удерживаемые, старые, усталые. Мы тужимся и напрягаемся, подтираемся каждый по-своему квадратиками туалетной бумаги, купленной в магазине (признак аристократизма), поправляем одежду и возвращаемся в широкий мир. Затем приступает к своим обязанностям Хендрик: он обследует ведро и, если оказывается, что оно не пустое, опорожняет его над ямой, выкопанной вдали от дома, моет и возвращает на место. Не знаю, где именно опорожняется ведро, но где-то на ферме есть яма, где, переплетясь кольцами, красная змея отца и черная — дочери обнимаются, засыпают и распадаются.

65. Но привычки меняются. Мой отец начал приходить домой по утрам. Никогда прежде он этого не делал. Он неуверенно заходит на кухню и заваривает себе чай. Меня он отстра-

няет пожатием плеч. Он стоит, сунув руки в карманы, спиной к двумя Аннам, если они там, глядя в окно, пока настаивается чай. Служанки горбят плечи, встревоженные, тушуются. Если же их нет на кухне, он бродит по дому с чашкой в руке, пока не найдет Анну Маленькую, которая подметает, или чистит что-нибудь, или занята еще какой-нибудь работой, и стоит над ней, молча наблюдая. Я придерживаю свой язык. Когда он уходит, все мы, женщины, расслабляемся.

66. На этой голой земле трудно хранить секреты. Мы живем обнаженные под ястребиным взглядом друг друга, но в нас назревает протест. Наше недовольство друг другом, глубоко затаенное, иногда начинает нас душить, и мы отправляемся на долгие прогулки, впиваясь ногтями в свои ладони. Лишь подавив в себе секреты, мы можем их сохранить. Если мы молчаливы, это оттого, что в нас накопилось много такого, что стремится вырваться наружу. Мы ищем, на ком бы выместить нашу злость, а когда находим, бушуем необузданно. Слуги страшатся гнева моего отца, который всегда несоразмерен поводу. Разозлившись на него, они стегают ослов, швы-

ряют камни в овец. Как хорошо, что животные не испытывают гнева, а лишь терпят и терпят! Психология господ.

67. В то время как Хендрик отбыл с заданием в богом забытое место, жарким полднем мой отец навещает его жену. Он доезжает верхом до двери коттеджа и ждет, не спешиваясь, пока девушка не выйдет и не встанет перед ним, щурясь на солнце. Он говорит с ней. Она робеет. Она прячет лицо. Он пытается успокоить ее. Возможно, он даже улыбается — мне не видно. Наклонившись, он передает ей пакет из коричневой бумаги, полный конфет — сердечек и ромбиков с надписями. Она стоит с пакетом в руках, пока он отъезжает.

68. Или: в то время, когда Анна Маленькая идет домой, жарким полднем мой отец подъезжает к ней. Она останавливается, а он, перегнувшись через шею лошади, заговаривает с ней. Она робеет и прячет лицо. Он пытается ее успокоить, даже улыбается ей. Он достает из кармана пакет из коричневой бумаги, который передает ей. Пакет полон конфет, которые называют сердечками и ромбиками. Она сворачивает пакет и идет дальше.

69. Он перегибается через шею лошади, беседуя с девушкой, пытаясь успокоить ее. Она прячет лицо. Он опускает руку в карман, и я улавливаю блеск серебра. С минуту монета лежит у нее на ладони, это шиллинг или даже флорин. Они оба глядят на него. Потом девушка зажимает ладонь. Он уезжает, а она идет домой.

70. Он едва притрагивается к еде и отталкивает свою тарелку. Он пьет свой бренди, не сидя в кресле, а расхаживая по двору в лунном свете. Когда он разговаривает со мной, голос у него становится сиплым от вызова и стыда. Мне не нужно подглядывать из-за занавески, чтобы узнать его мысли, отягощенные виной.

71. Где же она может истратить свои деньги? Где она спрячет их от мужа? Где она спрячет сладости? Или съест их все одна, в один присест? Она еще совсем ребенок? Если у нее один секрет от мужа, скоро будет два. Коварный, коварный подарок!

72. Он верит, что дела его пойдут на лад, как только я не буду стоять на пути. Хотя он не осмеливается так сказать, ему бы хотелось,

чтобы я удалилась в свою спальню с мигренью и там оставалась. Я готова поверить, что он искренен, когда говорит себе: хорошо бы я, и Хендрик, и все другие препятствия исчезли. Но как долго, по его мнению, будет продолжаться их идиллия: они одни на ферме, вдвоем, стареющий мужчина и служанка, глупый ребенок? Он с ума сойдет от такой пустой свободы. Что они будут делать вместе — день за днем, день за днем? Что они могут сказать друг другу? Истина заключается в том, что ему нужна наша оппозиция, чтобы удерживать девушку вдали от него, подтвердить его страсть к ней, так же как ему нужно, чтобы наша оппозиция была бессильной перед этой страстью. На самом деле ему нужно не уединение, а беспомощное соучастие наблюдателей. И я также не могу поверить, что он не знает, как он появляется в моих снах, в каком качестве, какие поступки совершает. Длинный коридор, соединяющий два крыла дома, с его спальней в одном крыле и с моей — в другом, кишит ночными призраками, и среди них — он и я. Они созданы не мной и не им — мы создали их вместе. Через них мы владеем друг другом. Существует уровень — и мы оба это знаем, — на котором Анна

Маленькая всего-навсего пешка и где настоящая игра ведется нами двумя.

73. Я покорилась его желанию и объявила о своем недомогании. Зеленые ставни закрылись. Весь день я лежу, вытянувшись на покрывале, с голыми мозолистыми ступнями, с подушкой на глазах. Все, что мне требуется, рядом: ночной горшок под кроватью, графин с водой и стакан на столике. Старая Анна приносит еду и убирает комнату. Я ем как птичка. Я ничего не принимаю от мигрени, зная, что ничего не поможет; к тому же я проповедую культ боли. Удовольствие трудно получить, а боль — она везде в эти дни, я должна учиться жить ею. Воздух прохладный и зеленый даже днем. Иногда боль — словно твердый камень за стеной моего лба, иногда — диск внутри черепа, раскачивающийся и жужжащий вместе с движениями земли, иногда — волна, которая накатывает и бесконечно бьет по векам изнутри. Я лежу час за часом, сосредоточившись на звуках внутри моей головы. В трансе я слышу пульс в висках, взрыв и распад клеток, скрип кости, измельчение кожи до песка. Я прислушиваюсь к молекулярному миру внутри себя с таким же внимани-

ем, как к доисторическому миру снаружи. Я хожу по руслу реки и слышу звук тысяч песчинок, ощущаю железные испарения скал на солнце. Я вникаю в заботы насекомых: частицы пищи, которые нужно перетащить через вершины гор и сложить на хранение в ямки, яйца, которые нужно расположить шестиугольниками, враждебные племена, которые нужно уничтожить. Повадки птиц тоже стабильны. Поэтому я с неохотой созерцаю человеческие страсти. С подушкой на голове, в затемненной комнате, я сосредоточена на сердцевине боли, затеряна в существовании своего существа. Вот кем мне предназначено быть: поэтессой внутреннего мира, последовательницей внутренней сущности камней, эмоций муравьев, сознания мыслящих частей мозга. По-видимому, это единственная карьера, за исключением смерти, к которой приспособила меня жизнь в пустыне.

74. Мой отец обменивается запретными словами с Анной Маленькой. Мне не нужно покидать свою комнату, чтобы узнать это. *Мы*, говорит он ей, *мы вдвоем*, и слово отдается в воздухе. *Сейчас, пойдем со мной сейчас*, говорит он ей. Существует мало истинных слов,

твердых как скала, на которых можно построить жизнь, — их он разрушает. Он верит, что может вместе с ней выбрать свои слова и создать свой личный язык с помощью своих собственных «я», «ты», «здесь и сейчас». Но личного языка не может быть. Их интимное «ты» в то же время и мое «ты». Что бы они ни сказали друг другу, даже в самую глухую полночь, они говорят общими словами — если только не лопочут, как обезьяны. Разве я могу говорить с Хендриком как прежде, если они портят мою речь? Как мне говорить с ними?

75. Проходят дни и ночи, свет в моей затененной ставнями комнате становится сероватозеленым и темнеет до черноты, старая Анна появляется и исчезает и вновь появляется то с горшком, то с тарелкой, бормоча, кудахтая. Я лежу, окруженная собственными временны́ми циклами, вне истинного времени мира, в то время как мой отец и жена Хендрика следуют своими путями, прямыми как стрела, от похоти к завоеванию, от беспомощности к облегчению капитуляции. Теперь они уже покончили с лестью, подарками и робкими кивками головы. Хендрика отсылают в самые отдален-

ные уголки фермы, дав задание уничтожить клещей у овец. Мой отец стреноживает лошадь рядом с домом своего слуги. Он запирает за собой дверь. Девушка пытается оттолкнуть его руки, но она испытывает благоговейный трепет перед тем, что должно произойти. Он раздевает ее и укладывает на матрас своего слуги, набитый кокосовыми волокнами. Она безвольно лежит в его руках. Он ложится с нею и качается вместе с нею, совершая акт, о котором я знаю достаточно, чтобы понимать, что он нарушает законы морали.

76. «Я считаю любого бедняка конченым человеком, — шепчет голос (в своем одиночестве я слышу голоса — быть может, я действительно колдунья), — ему конец, если он имеет несчастье родиться с честным сердцем, у него красивая жена и могущественный сосед». Бедный Хендрик: ему конец, ему конец. Я плачу пьяными слезами. Потом от боли сильно зажмуриваю глаза и жду, пока три фигуры распадутся на полоски и завитки: Хендрик играет на своей губной гармонике вдали, под фиговым деревом, пара обнимается в душной лачуге. В конце концов остаюсь лишь я, уплывающая в сон, за пре-

делы боли. Воздействуя на себя, я изменяю мир. Где кончается эта сила? Возможно, именно это я пытаюсь выяснить.

77. Анна не пришла. Все утро я пролежала, ожидая, когда она осторожно постучится в дверь. Я думаю о чае и сухарях, и у меня текут слюни. Вне всякого сомнения, я — не чистый дух.

78. Я стою в тапочках в пустой кухне, и голова у меня кружится после долгой спячки. Плита холодная. Солнце мерцает в медной посуде, выстроившейся на полках.

79. Я стою позади своего стула, вцепившись в спинку, и беседую со своим отцом.

— Где Анна? Ее сегодня не было.

Он отправляет в рот рис с подливкой, склонившись над тарелкой. Жует с аппетитом.

— Анна? Откуда мне знать, где Анна? Это меня не касается. Служанки — это твое дело. О которой Анне ты говоришь?

— Я говорю о нашей Анне. Нашей Анне, а не о другой. Я хочу знать, где она. В здании школы пусто.

— Их нет. Они уехали сегодня утром.

— Кто уехал?

— Она и старый Якоб. Они взяли двуколку с ослами.

— А почему они вдруг уехали? Почему ты мне не сказал? Куда они уехали?

— Они уехали. Они спросили меня, и я разрешил. Что еще ты хочешь узнать?

— Ничего. Я не хочу узнать больше ничего.

80. Или, быть может, когда я вхожу в комнату, слова уже льются из возвышающегося черного цилиндра.

— Анна и Якоб уехали. Я дал им отпуск. Тебе придется какое-то время обходиться без Анны.

81. Или, может быть, только пустая кухня, и холодная плита, и ряды сверкающей медной посуды, и отсутствие, два отсутствия, три отсутствия, четыре отсутствия. Мой отец порождает отсутствие. Куда бы он ни пошел, он оставляет за собой отсутствие. И что главное — свое собственное отсутствие, ибо его присутствие такое холодное, такое мрачное, что само по себе является отсутствием, и движущаяся тень наводит на сердце уныние. И отсутствие моей матери.

Мой отец — это отсутствие моей матери, ее отрицание, ее смерть. Она мягкая, светлая; он — жесткий, темный. Он убил во мне все материнское и оставил мне эту хрупкую, волосатую скорлупу, в которой бренчат горошины мертвых слов. Я стою в пустой кухне, ненавидя его.

82. Прошлое. Я пытаюсь отыскать внутри своей головы вход в туннель, который поведет меня обратно во времени и памяти, мимо моих все более молодых и свежих обликов, через юность и детство — на колени к моей матери, к моему началу, — однако там нет туннеля. Внутри моего черепа лишь зеркальные стены, я вижу только свои отражения, бесцветные и унылые, которые отвечают мне взглядом. Как я могу поверить, что это существо когда-то было ребенком, что оно принадлежит к человечеству? Легче вообразить, как оно выползает из-под камня, в своей оболочке темно-зеленого цвета, только что вылупившись из яйца, как оно слизывает с себя слизь и, определив направление, ползет к дому на ферме, чтобы поселиться под обшивкой стен.

83. Но, быть может, если я проведу день на чердаке, роясь в старых сундуках, то найду до-

казательства прошлого, заслуживающие доверия: декоративные веера, медальоны и камеи, бальные туфельки, бантики и сувениры, рубашечка, в которой крестили, и фотографии — если в то время существовали фотографии, — может быть, дагерротипы, на которых изображен нахмурившийся ребенок с локонами, сидящий на коленях у женщины, робкой, незаметной, а за ними — чопорный мужчина, и, кто знает, рядом с ними — мальчик, тоже нахмурившийся, в костюмчике, отделанном галуном; это брат, который умер во время одной из эпидемий — эпидемии инфлюэнцы или оспы, оставив меня без защитника. А потом эта молодая мать, наверное, умерла, пытаясь дать жизнь третьему ребенку, умерла, как она и опасалась, боясь отказать мужчине в безжалостном наслаждении ею; ее смерть посеяла смятение и ужас, и повивальная бабка металась по комнате, ломая руки и рекомендуя прибегнуть к рвотному корню в качестве последнего средства.

84. По всей земле, должно быть, есть дети средних лет, поджидающие, когда разожмутся руки родителей, сжимающие ключи. В тот день, когда я сложу руки моего отца у него на груди

и прикрою ему лицо простыней, в тот день, когда я завладею ключами, я отопру бюро и раскрою все его секреты, которые он скрывал от меня: гроссбухи и банкноты, документы и завещания, фотографии умершей женщины с надписью «С любовью», пачку писем, перевязанную красной ленточкой. И в самом темном углу нижнего потайного ящика я открою былые восторги покойного: листочки со стихами, сложенные втрое и вчетверо и засунутые в конверт, сонеты к Надежде и Радости, признания в любви, страстные клятвы и посвящения, послебрачные рапсодии, катрены «К моему сыну» — и больше ничего, молчание: поток иссяк. В какой-то момент на пути от юноши к мужчине — к мужу, к отцу, к хозяину — сердце, вероятно, обратилось в камень. Уж не произошло ли это с появлением чахлой девочки? Не я ли убила в нем жизнь, как он убивает жизнь во мне?

85. В нелепых розовых тапочках я стою в центре кухни. Мне в глаза бьет яркий солнечный свет. Позади осталась тихая гавань — кровать в затемненной комнате, а впереди — дела по хозяйству, вызывающие раздражение. Как же могу я, ведущая полусонное и банальное

существование, изобразить из себя грозную, оскорбленную дочь, представ перед оробевшим или высокомерным отцом и бесстыдной или трепещущей служанкой? У меня не лежит к этому сердце, да и не готова я к такой роли. Жизнь в пустыне учит, что все дозволено. Единственное, чего мне хочется, — это снова забраться в постель и уснуть, сунув большой палец в рот, или отыскать мою самую старую шляпу от солнца и брести вдоль русла реки, пока дом не скроется из виду и я не буду слышать ничего, кроме пения цикад и жужжания мух, пролетающих мимо моего лица. Моя стихия — это бесконечная смена течений сна и пробуждения, которые несут меня, а вовсе не буря человеческих конфликтов. Там, где в пустыне стоит этот дом, есть вихрь, водоворот, черная дыра, в которой я живу, питая к этому месту отвращение. Я была бы гораздо счастливее под кустом, где лежит кучка яиц, и я бы вылупилась из скорлупы вместе с тысячью сестер, и мы бы наводнили мир — целая армия, набросившаяся на посевы. Когда я нахожусь в четырех стенах, моя ярость тщетна. Мои излияния отражаются от штукатурки, плиток, дерева и обоев и возвращаются ко мне, прилипая и просачиваясь сквозь кожу. Хотя я, быть может, похожа на машину, выполняющую домашнюю работу, на самом деле я — сфера, сотрясаемая дикой энергией, готовая взорваться. И хотя что-то подсказывает мне, что лучше выкатиться наружу и извергаться на природе, другой голос (я полна противоречий) советует мне забиться в угол, подобно черной паучихе-вдове, и отравлять своим ядом тех, кто пройдет мимо. «Вот вам за юность, которой у меня никогда не было!» — шиплю я и плююсь, если только пауки умеют плеваться.

86. Но истина в том, что я ношу черный вдовий траур дольше, чем себя помню: насколько я знаю, еще младенцем я лежала в черных пеленках, дрыгая рахитичными ножками и с плачем хватаясь за свои черные вязаные пинетки. В шесть лет я, несомненно, носила изо дня в день кошмарное платье темно-зеленого цвета, с длинными рукавами, скрывавшее меня с головы до ног — открытыми оставались лишь тощие голени, — и тупоносые черные туфли. Наверное, меня фотографировали в этом возрасте — других объяснений у меня нет. Должно быть, сохранилась моя фотография в одном из этих сундуков или ящиков бюро, и я пропусти-

ла ее, перечисляя их содержимое. Как мог обыкновенный ребенок увидеть себя с такой бесстрастной ясностью — вплоть до сжатого рта, бледности и крысиной косички? А может быть, у меня было видение? Не следует слишком доверять фотографиям — что́ было всем этим фотографам делать в пустыне, когда я была ребенком, уж конечно, не гоняться за мной; а может быть, я была из тех детей, что любят размышлять, и на какое-то мгновение перенеслась из своего тела и увидела себя такой, какой была на самом деле, — в темно-зеленом платье, которое наверняка тоже на чердаке, засунутое в какой-нибудь сундук, — перед тем как меня вернул в мою бездумную целостность животного тот, кто одарил этим видением. Мой ангел-хранитель или какая-то другая разновидность ангелов, которая предостерегает от того, чтобы возлагать на себя большие надежды, — возможно, ангел реальности, спасительный ангел. А может быть, я никогда не обладала бездумной целостностью животного или утратила ее и к шести годам была уже маленькой машиной из плоти, бегала по двору, строила ограды из камня и — что еще делают дети? — отрывала крылья мухам, а за мной с серьезным видом наблюдал маленький призрачный двойник; может быть, увы, нет никаких ангелов и все снимки, на которых запечатлена я в детстве, — дело рук этого маленького наблюдателя (что еще ей было делать?); не исключено, что она отделилась от меня, когда я была совсем маленькой, и я вижу себя младенцем с изжогой или болью в сердце или чем-нибудь еще, с плачем хватающейся за свои черные баретки, глазами этого двойника, размышляющего у детской кроватки, ощущающего свою собственную призрачную боль в сердце, — конечно, это была она, и она не только видела тупики, которые я игнорирую, но и интересовалась более важными вещами, нежели проблемы философии.

87. Я — черная вдова в трауре по своей жизни. Всю мою жизнь меня оставляли лежать — забытую, пыльную, как старый башмак, или использовали как орудие для приведения дома в порядок и контроля за слугами. Но я вижу смысл своего существования совсем иначе, он нерешительно мерцает где-то в моем внутреннем мраке: я — чехол, оболочка для пустого внутреннего пространства. Я передвигаюсь по миру не как лезвие ножа, разрезающее ветер, или

башня с глазами, подобная моему отцу, а как дырка, вокруг которой — тело; внизу свисают две длинные тонкие ноги, две костлявые руки хлопают по бокам, сверху — большая голова. Я дырка, плачущая от желания быть заполненной. Я знаю, что в каком-то смысле это просто слова, просто способ представлять себя, но если не думать о себе словами и зрительными образами, то как же еще думать? Я представляю себя соломенной женщиной, пугалом, не слишком туго набитым, с нарисованным сердитым лицом, чтобы отпугивать воров, пустым изнутри — полевые мышки могли бы использовать это внутреннее пространство, если бы были очень умными. Но это уже больше, нежели зрительный образ, не могу этого отрицать, я не столь уж несведуща в анатомии, и мое сложение вызывает у меня интерес; к тому же я еще и девушка с фермы, живущая в круговороте природы — пусть и такой скудной, как у нас в пустыне, — и я в курсе, что у меня между ног имеется дырка, которая никогда не была заполненной, и она ведет к другой дырке, тоже никогда не заполнявшейся. Если я — круг, то, как мне порой кажется, это оттого, что я — женщина. Однако как это бесит: после рассуждений, которые сделали бы честь мыслителю, обнаружить, что я угодила в ловушку и должна признать, что, если бы рядом со мной спал настоящий мужчина и подарил бы мне детей, все было бы хорошо, я бы воспрянула духом и научилась улыбаться, мое тело налилось бы, кожа засияла, а голос у меня в голове начал бы заикаться и затих. Я не верю, что брак между парнем с фермы и девушкой с фермы спасет меня — что бы ни означало «спасти», — по крайней мере пока: неизвестно, какие перемены меня ждут. Не исключено, что мне предназначена более высокая судьба. Поэтому, если каким-то чудом один из костлявых соседей вдруг явится в один прекрасный день с букетом из цветов велда, краснея и потея, и начнет обхаживать меня ради моего наследства, я улягусь в постель, или стану читать ему свои ужасные сонеты, или буду корчиться у его ног в припадке, — словом, сделаю то, что заставит его галопом мчаться прочь. Всегда подразумевается, что у нас есть соседи, но я не вижу никаких доказательств этого — как будто мы живем на луне.

88. С другой стороны, иногда на много дней подряд я утрачиваю ощущение своей избран-

ности и вижу себя просто одинокой уродливой старой девой, способной спастись до некоторой степени от одиночества, вступив в брак (человеческий институт брака) с другой одинокой душой, возможно более алчной, чем большинство, более глупой, более уродливой — словом, не подарок, так ведь и я не подарок; я поклянусь склоняться перед ним немного ниже и прислуживать немного больше, чем стала бы другая женщина, и субботними вечерами должна буду раздеваться для него, потушив свет, чтобы не отпугнуть, и возбуждать, если можно постичь искусство возбуждения, и направлять к отверстию, которое можно сделать проницаемым с помощью куриного жира, горшочек с которым будет стоять на ночном столике; и, после того как перенесу всю эту возню, в конце концов буду заполнена семенем, и буду лежать, слушая его храп, пока не придет утешительный сон. Там, где мне не хватает опыта, я компенсирую его воображением. Если у мужчин и женщин все это происходит иначе, могло же быть и так. Я могу также вообразить, как через много месяцев забеременею, — хотя меня бы не удивило, если бы я оказалась бесплодной: уж очень я смахиваю на бесплодную женщину, как ее обычно представляют, — а потом, через семь-восемь месяцев, произведу на свет ребенка; я буду одна, без повивальной бабки, в соседней комнате будет валяться в стельку пьяный муж, и я сама перегрызу зубами пуповину, и прижму синевато-багровое личико младенца к своей жалкой груди; а потом, через десять лет заточения, выйду на дневной свет во главе целого выводка низкорослых девочек, смахивающих на крыс, все — моя точная копия, сердито щурящихся на солнце, путающихся в собственных ногах, одинаково одетых в платьица темно-зеленого цвета и тупоносые черные туфли; а потом, еще десять лет понаблюдав, как они шипят и царапаются, отправлю их одну за другой в широкий мир, предоставив делать то, что делают там непривлекательные девушки: жить в меблированных комнатах, может быть работать на почте и рожать незаконных детей, смахивающих на крыс, которых будут отсылать на ферму.

89. Возможно, это все, что значит для меня избранность: не быть персонажем буколической комедии, похожей на вышеописанную, не быть объясненной с помощью нищеты, вырождения, тупости или праздности. Я хочу, чтобы

у моей истории было начало, середина и конец, а не зияющая середина без конца, которая грозит мне не меньше, если я буду смотреть сквозь пальцы на любовные похождения моего отца и нянчиться с ним, когда он впадет в старческое слабоумие, чем если бы меня повел к алтарю какой-нибудь пастушок и я умерла бы на склоне лет — сморщенная бабушка в качалке. Я должна не уснуть в середине своей жизни. Из пустоты, окружающей меня, я должна выхватывать одно событие за другим, и их маленькие вспышки помогут мне держаться. Потому что история иного рода — плетение воспоминаний в дремотном мозгу — никогда не может быть моей. Моя жизнь — это не прошлое, мое искусство не может быть искусством памяти. То, что со мной произойдет, еще не произошло. Я — слепое пятно, которое с открытыми глазами бросается в пучину будущего, мой пароль — «Что дальше?». И если в эту минуту непохоже, что я туда бросаюсь, это лишь оттого, что я немного медлю в пустом доме, радуясь солнечному лучу, который точно так же блестит в медных кастрюлях, выстроившихся рядами, как блестел еще до моего рождения. Я была бы не я, если бы не ощущала обольщения холодного каменного дома, уютных старых традиций, старинного феодального языка. Возможно, несмотря на мои черные одежды и сталь в моем сердце (если только это не камень, кто знает — ведь оно так далеко), я консерватор, а не разрушитель; быть может, моя ярость, вызванная отцом, — просто ярость от нарушения старого языка, правильного языка, которое имеет место, когда он обменивается поцелуями и личными местоимениями с девушкой, которая вчера скребла полы, а сегодня должна мыть окна.

90. Но это, как и многое, сказанное обо мне, лишь теория. Мне ни в коем случае нельзя заточить себя в версию, согласно которой я мстительница с горящими глазами и мечом в руке, отстаивающая старые традиции. Я помню из какой-то книги, что рак-отшельник, подрастая, перемещается из одной пустой раковины в другую. Мрачный моралист с огненным мечом — это всего лишь остановка в пути, чуть менее временная, чем изможденная жена, вяжущая на веранде, чуть более временная, чем безумная женщина велда, которая беседует со своими друзьями насекомыми и разгуливает под полуденным солнцем, но все равно временная.

Неважно, в чьей раковине я сейчас прячусь, это раковина мертвого существа. Важно, чтобы мое тревожное «я» с мягким телом имело убежище от хищников глубин — осьминога, акулы, кита — словом, от всех, кто нападает на рака-отшельника; я не знаю ничего об океанах, хотя когда-нибудь, когда я стану вдовой или старой девой при деньгах, я обещаю себе, что проведу день на взморье: я положу в корзину сэндвичи, набью кошелек деньгами, сяду в поезд и скажу, что хочу увидеть море, — это дает некоторое представление о том, как я наивна. Я сниму туфли и побреду по шуршащему песку у моря, думая о том, сколько же крошечных смертей понадобилось, чтобы создать его, я закатаю юбки и буду шлепать по мелководью, и меня ущипнет рак, рак-отшельник — какая космическая шутка! — и я буду смотреть на горизонт, и вздыхать от необъятности всего этого, и есть свои сэндвичи, едва ощущая вкус хлеба и сладкого инжира, и думать о своей незначительности. Потом, очищенная, спокойная, я поеду на поезде домой и буду сидеть на веранде, глядя на пламенеющие закаты с их красками — малиновой, розовой, фиолетовой, оранжевой, кроваво-красной, — и лить слезы о себе, о жизни, которой не жила, о радости и желании никому не понадобившегося тела, пыльного, сухого, непривлекательного, о замедляющейся пульсации моей крови. Я встану с холщового кресла и побреду в свою спальню, разденусь в сгущающихся сумерках, экономя свечи, — и, вздыхая, вздыхая, сразу же засну. Мне приснится сон о камешке, лежащем на пляже, среди акров белого песка, глядящем в приветливое голубое небо, убаюкиваемом волнами; но я никогда не узнаю, действительно ли мне снился этот сон, потому что крик петуха смоет из моей памяти все, происшедшее ночью. Или, быть может, я совсем не буду спать, а буду ворочаться всю ночь из-за зубной боли после сладкого; ведь мы здесь не обращаем никакого внимания на гигиену, у нас дурной запах изо рта, а со временем и гнилые корешки зубов, и мы раздумываем, что же с собой делать, пока дело не дойдет до щипцов ветеринара, или до ватки с чесночным соком на спичке, или до слез. Слез я до сих пор избегала, но есть время и место для всего; уверена, что однажды дело у меня дойдет до слез, — когда я останусь одна на ферме, когда все они уйдут: Хендрик и его жена, Анна и Якоб, мой отец, моя мать, внуки, смахивающие на крыс, и я смогу свободно разгуливать по дому в сорочке, и выходить во двор, и на покинутые овечьи пастбища, и на холмы; вот тогда и придет время плакать, и рвать волосы, и скрипеть оставшимися зубами, не боясь, что меня услышат, — тогда уже не нужно будет держаться. Тогда придет пора испробовать силу этих легких, которые я никогда не испытывала, узнать, смогут ли они вызвать эхо в горах и на равнинах — если равнины могут рождать эхо, — проверить, отзовутся ли они на мои стоны, вопли и причитания. И кто знает, быть может, тогда наступит время разорвать свою одежду и разжечь перед домом большой костер, швыряя туда одежду, мебель и картины, моего отца, мать и давно утраченного брата, которые будут съеживаться в огне, среди кружевных салфеточек, а я буду кричать от неистовой радости, когда языки пламени взовьются в ночное небо, и, возможно, даже носить головешки в дом и поджигать матрасы, и шкафы, и потолки из желтого дерева, и чердак с сундуками, набитыми воспоминаниями, — до тех пор пока соседи, кем бы они ни были, не увидят башню из пламени на горизонте и не примчатся галопом в темноте, чтобы увезти меня в безопасное место, — хихикающую старуху, бормочущую себе под нос, которой хотелось, чтобы ее заметили.

91. В здании школы пусто. Пепел в очаге остыл. На полке над плитой ничего нет. Белье с кровати снято. Ставни хлопают. Якоб и Анна уехали. Их отослали упаковываться. Они отбыли, не сказав мне ни слова. Я смотрю, как пылинки поднимаются в солнечном луче. Кажется, у меня пойдет кровь из носа, — нет, не пошла. В самом деле, события превосходят наши самые мрачные ожидания. Я стою на пороге, тяжело дыша.

92. Здание школы. Когда-то, давным-давно, здесь была настоящая школа. Сюда приходили дети, и их учили чтению, письму и арифметике. Летом они зевали, потягивались и вертелись, и жара жужжала у них в ушах. По утрам зимой они шли в школу по мерзлой земле и терли замерзшие пальцы босых ног друг о друга, распевая псалмы. Сюда приходили и дети из дома на ферме, и соседские дети — за последних платили наличными и натурой. Была здесь и учительница — дочь обедневшего священника, которую, несомненно, послали зарабатывать на

жизнь. Однажды она сбежала с проезжим англичанином, и больше о ней не слышали. После этого учительниц не было. Много лет школа пустовала, и ею постепенно завладевали летучие мыши, скворцы и пауки, пока там однажды не поселили Анну и Якоба — или тех Анну и Якоба, которые пришли до них. Так и было, ибо если я высосала эту историю из пальца, откуда же три деревянные скамьи в дальнем конце комнаты, а за ними — мольберт, на который Якоб обычно вешал свою куртку? Кто-то же должен был построить здание школы, и приобрести все необходимое, и дать объявление в «Еженедельнике рекламы» или «Колониальном вестнике» о том, что требуется учительница, и встретить ее поезд, и поселить ее в комнате для гостей, и платить ей жалованье, чтобы дети пустыни выросли не варварами, а наследниками всех веков, имеющими представление о вращении Земли, Наполеоне, Помпеях, стадах оленей на заледеневших просторах, наводнениях, семи днях Создания, бессмертных пьесах Шекспира, геометрической прогрессии, минорной и мажорной тональностях, чуде с хлебами и рыбами, законах перспективы и о многом другом. Но куда все это подевалось — это жизнерадостное овладение премудростью прошлого? Сколько поколений отделяет тех детишек, нараспев повторяющих таблицу умножения, от моей сомнительной персоны? Мог ли мой отец учиться в этой школе? Если я рассмотрю эти скамьи при свете, найду ли я под пылью его инициалы, вырезанные перочинным ножом? Но если это так, то куда же подевались плоды этого учения? Что узнал он из сказки о Гансе и Гретель об отцах, которые заводят своих дочерей в темный лес? Чему научил его Ной о прелюбодеянии? Что сказала ему таблица умножения о железных законах вселенной? И даже если это не он, а мой дед сидел на этих скамьях, нараспев повторяя таблицу умножения, почему он не передал сыну человеческую премудрость, оставив его варваром, а вслед за ним и меня? Или, быть может, мы здесь не аборигены, мой род? Возможно, мой отец или дед однажды прискакал в дом на ферме, с пистолетом и патронташем, ниоткуда, и швырнул кисет, полный слитков золота, и выгнал учительницу из школы, и водворил там своих слуг, и установил власть грубой силы? Или я заблуждаюсь, сильно заблуждаюсь? Не посещала ли эту школу я сама, не сидела ли в самом темном углу, заросшем паутиной, в то время как мои братья и сестры, мои многочисленные братья и сестры, а также дети с соседних ферм изо всех сил тянули руку, желая отвечать историю Ноя; а я выкинула всех их из памяти из-за их веселого смеха или из-за того, что они засовывали гусениц за ворот моего темно-зеленого платья, чтобы наказать меня за кислый вид и ненависть к играм; уж не решили ли они никогда больше со мной не общаться и оставили в пустыне с отцом, отправившись искать удачи в город? Как тяжело в это верить! Если у меня есть братья и сестры, они не могут быть в городе — наверно, всех их унесла эпидемия менингита; ибо я не могу поверить, чтобы общение с ними не оставило на мне следа, — а оно явно не оставило на мне следа, на мне лишь след общения с пустыней, одиночеством и пустотой. Я также не могу поверить, что мне когда-нибудь рассказывали историю Ноя — упоминая одного Ноя, — когда я сидела в кругу других детей. Мое образование отдает печатным словом, а не человеческим голосом, рассказывающим истории. Но, возможно, наша учительница не была хорошей, она с унылым видом сидела за столом, похлопывая розгой о свою ладонь, браня нас, мечтая о бегстве, в то время как ее ученики утыкались в учебники и слышно было, как муха пролетит? Потому что как же иначе я могла научиться читать, не говоря уже о письме?

93. А возможно, это были сводные братья и сестры, и это всё объясняет; возможно, так и было, во всяком случае для меня это звучит более убедительно; вероятно, это были мои сводные братья и сестры, дети дородной блондинки, обожаемой жены, которая умерла в расцвете лет; возможно, сами они были смелыми, белокурыми и дородными, и их отталкивало все призрачное и неопределенное, и они вели непрерывную войну с отпрыском нелюбимой второй жены, похожей на мышь, которая умерла при родах. Позже, когда они усвоили все, что могла дать им гувернантка, их всех вместе забрал грубовато-добродушный дядюшка по материнской линии, и они жили долго и счастливо, а меня оставили присматривать за отцом в последние годы его жизни. И я забыла всю эту орду не потому, что ненавидела их, а потому, что любила и их у меня отняли. Я имела обыкновение сидеть в своем темном углу и, открыв рот, поглощать их здоровое веселье, запоминая весь этот шум и смех, чтобы унести с собой и

ночью, в одиночестве, вновь переживать этот день и прижимать к себе. Но из всех своих сводных братьев и сестер я больше всего любила Артура. Если бы Артур меня ударил, я бы скорчилась от удовольствия. Если бы Артур бросил камень, я бы побежала, чтобы подобрать его. Ради Артура я бы съела ваксу для обуви, выпила бы мочу. Но, увы, золотой Артур никогда меня не замечал, поскольку был занят: выигрывал соревнования в беге, играл в мяч и повторял таблицу умножения. В тот день, когда уехал Артур, я спряталась в самом темном уголке сарая, поклявшись никогда больше не притрагиваться к пище. Годы шли, Артур не возвращался, и я отталкивала воспоминания все дальше и дальше от себя, и сегодня они возвращаются ко мне отстраненные, как сказка. Конец истории. В ней есть несообразности, но я не располагаю временем, чтобы проследить их и устранить, ибо что-то говорит мне, что я должна покинуть здание школы и вернуться в свою собственную комнату.

94. Я закрываю дверь, сажусь и сухими глазами смотрю на обои над письменным столом, на которых не сияет картинка, где мы с золо-

тым Артуром, взявшись за руки, бежим по берегу моря, — нет, на них розовая роза с двумя зелеными листиками среди целого поля таких же розовых роз вечно льет свой свет на ограниченное пространство спальни и на розы на других стенах. Это моя комната, и она неизменна (я глубже усаживаюсь в кресле), да я и не хочу, чтобы она когда-нибудь изменилась: ведь утешением в мои мрачные дни, которое не дает мне закрыть глаза, скрестить руки на груди и вечно качаться в пустоте, служит уверенность, что от меня, и только от меня, эти цветы черпают энергию, которая позволяет им общаться друг с другом, в экстазе чистого существования — точно так же, как камни и кусты велда гудят от радости жизни, от счастья, потому что я здесь, и они вибрируют от сознания, что я навеки не они, а они — не я, что мне никогда не постичь восторг чистого существования, что я, увы, отделена от них журчанием слов во мне, которые формируют меня и переделывают как нечто другое, нечто отличное. Ферма, пустыня, весь мир до горизонта в экстазе от общения с собой, от тщетной жажды моего сознания проникнуть в него. Такие мысли приходят мне в голову, когда я смотрю на обои, выжидая, когда дыхание станет ровным, а страх уйдет. Лучше бы я никогда не училась читать!

95. Однако я не заворожила зверя своей болтовней. Весь день он подкрадывается ко мне, час за часом. Я слышу шаги его бархатных лап, ощущаю зловонное дыхание. Бежать бесполезно, тогда я погибну еще более бесславно: на меня нападут сзади, и я запутаюсь в каскаде нижнего белья и буду вопить, пока мне не сломают шею — если зверь будет милосердный — или пока мне не выпустят кишки — если нет. Где-то на ферме бродит мой отец, сгорая от стыда, готовый прикончить на месте любого, кто хоть слегка упрекнет его. Зверь — это мой отец? Где-то еще на ферме неясно вырисовываются Хендрик и Анна — он играет на своей губной гармошке, вот как я его себе представляю, а она мурлычет себе под нос, выжидая, что произойдет дальше. Зверь — это Хендрик? Оскорбленный муж, жаждущий мщения раб, на которого наступил сапог хозяина? Или зверь — это Анна, с ее острыми мелкими зубками, горячими подмышками; женщина, ловкая, похотливая, ненасытная? Я все говорю и говорю, чтобы подбодрить себя, в то время как они с улыбкой кружат вокруг

меня, такие могущественные. В чем заключается секрет их власти надо мной? Что знают они такого, чего не знаю я? Куда бы я ни повернулась, я отрезана со всех сторон. Через месяц — я это ясно вижу — я буду приносить своему отцу и своей служанке завтрак в постель, а Хендрик, развалившись у стола на кухне, будет есть печенье, втыкать складной нож в столешницу и щипать меня за зад, когда я буду проходить мимо. Мой отец будет покупать ей новые платья, в то время как я буду стирать ее грязное нижнее белье. Он и она будут валяться весь день в постели, предаваясь чувственной неге, а Хендрик будет пьянствовать, шакалы — пожирать овец, и работа нескольких поколений пойдет прахом. Она родит ему детей с оливковой кожей, которые будут писать на ковры и носиться по коридорам. Она будет замышлять с Хендриком кражу денег и серебряных часов у моего отца. Они пошлют за своими родственниками — братьями, сестрами, троюродными братьями — и поселят их на ферме. Сквозь щелочку в ставнях я буду наблюдать, как эта орда танцует под гитару воскресными вечерами, а старый хозяин сидит на веранде, как идиот, улыбаясь и кивая, — предводитель на празднике.

96. Кто же среди нас зверь? Мои истории — это истории, они меня не пугают, они лишь оттягивают ту минуту, когда я должна спросить: а не свой ли собственный рык я слышу в зарослях? Не я ли та, кого следует бояться, — прожорливый, ненасытный зверь, — потому что здесь, в сердце страны, где пространство излучается из меня на все четыре стороны земли, ничто не способно остановить меня? Когда я спокойно сижу, глядя на свои розы и ожидая, когда закончится день, мне трудно это признать. Но я не так глупа, чтобы верить в то, что я вижу; и если я тщательно настрою себя на то, что происходит у меня внутри, то, несомненно, почувствую вдали увядшее яблоко моей матки, которое поднимается и плывет, предвещая недоброе. Возможно, я всего лишь старая дева весом в девяносто фунтов, обезумевшая от одиночества, но, подозреваю, не безобидная. Так что, возможно, это истинное объяснение моего страха, страха, который в то же время и ожидание: я боюсь того, что собираюсь совершить, и тем не менее я это совершу, потому что, если я буду выжидать благоприятного случая, моя жизнь так и будет струиться тонкой струйкой из никуда в никуда, без начала и конца. Мне нужна моя собствен-

ная жизнь — вот так же, я уверена, мой отец сказал себе, что ему нужна его собственная жизнь, когда купил кулек сердечек и ромбиков. Мир полон людей, желающих жить своей собственной жизнью, но лишь немногим за пределами пустыни предоставлена такая свобода. Здесь, в центре ничего, я могу расшириться до бесконечности или сжаться до размеров муравья. Мне не хватает множества вещей, но свобода не входит в их число.

97. Но пока я сидела здесь, грезя наяву, а быть может, даже дремала, подперев щеки кулаками и обнажив десны, наступил вечер, свет уже не зеленый, а серый, и меня разбудили шаги и голоса. Сердце бьется спросонья, как молот, а во рту дурной привкус от дневного сна.

Я чуть приоткрываю дверь. Голоса доносятся с дальнего конца дома. Один принадлежит моему отцу, он отдает приказания — я узнаю его интонации, хотя и не могу разобрать слов. О наличии второго голоса я сужу лишь по паузам, которые делает первый.

Произошло то, чего я боялась. Магия, заключающаяся в том, чтобы вообразить худшее, не сработала. Худшее уже здесь.

Сейчас эти ноги, обутые в сапоги, идут по коридору. Прикрыв дверь, я прислоняюсь к ней. Я знаю эту походку всю свою жизнь и все же стою, разинув рот, и пульс у меня бьется бешено. Он снова превращает меня в ребенка! Сапоги, топот сапог, черные брови, черные дырки глаз, черная дырка рта, из которой доносится оглушительное «нет», железное, холодное, громоподобное, которое взрывает меня, и погребает меня, и запирает меня. Я снова ребенок, бэби, личинка, белая, бесформенная, без рук и без ног, которой нечем ухватиться за землю, сосунок; я корчусь, сапог снова поднимается надо мной, дырка рта открывается, и дует сильный ветер, выстуживающий меня до самого сердца. Я прислонилась к двери, но стоит ему лишь толкнуть ее, и я упаду. Боюсь, мой гнев утих, и мне несдобровать, я буду наказана и останусь безутешной. Две минуты тому назад я была права, а он не прав, я была фурией, дремлющей на жестком стуле, готовой встретить его молчанием, презрением, отсутствием и кто знает чем еще; но теперь я снова не права, не права, не права, не права, как всегда — с тех пор как родилась не в то время, не в том месте, не в том теле. Слезы катятся по моим щекам, нос заложен, я жду, когда человек по ту сторону двери решит, какую форму примет сегодняшнее мучение.

98. Он стучит — три легких щелчка ногтем по дереву. Я снова ощущаю соленый вкус во рту; я съеживаюсь, затаив дыхание. Затем он уходит — ровные шаги звучат, удаляясь: один, два, три... по коридору. Так вот каково мое наказание! Он не захотел меня видеть, а запер на ночь. Жестоко, жестоко, жестоко! Я пла́чу в своей камере.

Снова до меня доносятся голоса. Они в кухне. Он велит ей поставить еду на стол. Она вынимает хлеб из хлебницы, жир и банку домашних консервов из буфета. Он велит ей вскипятить воду. Она говорит, что не может зажечь керосинку. Он зажигает сам. Она ставит чайник на огонь. Она сжимает руки и ждет, чтобы вода закипела. Он приказывает ей сесть. Она собирается сесть за стол вместе с ним. Он отрезал кусок хлеба, который подталкивает к ней острием ножа. Он велит ей есть. Голос у него грубоватый. Он не умеет выразить нежность. Он ожидает, что люди поймут это и учтут. Но никто этого не понимает — никто, кроме меня, просидевшей всю жизнь в углах, наблюдая за ним. Я знаю, что его ярость и мрачное молчание — всего лишь маскировка нежности, которую он не осмеливается выказать, опасаясь последствий. Он ненавидит только оттого, что не осмеливается любить. Он ненавидит для того, чтобы держаться. Он неплохой человек, несмотря ни на что. Его нельзя назвать несправедливым. Он просто стареющий мужчина, в жизни которого было мало любви и который думает, что нашел ее сейчас, ужиная хлебом и персиками со своей девушкой, поджидая, пока закипит вода для кофе. Нельзя представить себе более мирную сцену, если игнорировать озлобленного ребенка, который напрягает слух за дверью в дальнем конце дома. У них любовная трапеза; но есть одна трапеза, которая благороднее любовной, — это трапеза семейная. Меня бы тоже следовало пригласить. Меня следовало бы посадить за стол на место хозяйки дома; и она, а не я должна была бы подавать и уносить. Тогда мы могли бы преломить хлеб в согласии и любить друг друга посвоему, даже я. Но граница проведена, я исключена из компании, и таким образом это стал дом двух историй: истории счастья или стремления к счастью и истории горя.

99. Их ложки дружно звякают. Оба они сладкоежки. Их взгляды встречаются над паром, исходящим из чашек. Она уже неделю знает этого странного человека, огромного, волосатого, слабохарактерного, разлагающегося, могущественного, который сегодня с напускной храбростью объявляет ее своей наложницей, своей собственностью. Думает ли она вообще о своем муже, который лежит, завернувшись в одеяло, под холодными звездами или стонет в своем покинутом коттедже, в то время как новый владелец зажимает ее коленями под столом? Спрашивает ли она себя, как долго он будет защищать ее от гнева мужа? Думает ли она вообще о будущем, или еще у материнской груди она научилась жить и быть про́клятой в роскоши настоящего? Что значит для нее этот новый мужчина? Может быть, она просто раздвигает бедра, флегматично, тупо, потому что он хозяин, или утонченное наслаждение кроется в подчинении, которого не может дать супружеская любовь? Не закружилась ли у нее голова от неожиданного повышения? Опьянили ли ее эти подарки — монеты, сладости и что там он выбрал для нее из вещей, оставшихся после жены: боа из перьев, ожерелье из фальшивых брил-

лиантов? Почему эти реликвии не перешли ко мне? Почему всё держат от меня в секрете? Почему бы мне тоже не сидеть за кухонным столом, улыбаясь и чтобы мне тоже улыбались, в теплом тумане паров от кофе? Что там имеется для меня в запасе после моего чистилища одиночества? Вымоют ли они за собой посуду, прежде чем удалиться, или мне придется выползти в середине ночи, как таракану, чтобы убрать за ними? Когда она начнет испытывать свою власть, когда будет вздыхать и, встав из-за стола, потягиваться и уплывать, оставив после себя грязные тарелки для служанки? В тот день, когда она это сделает, осмелится ли он рявкнуть на нее, или он будет так околдован, что только ее соблазнительные бедра, когда она манящей походкой движется к их спальне, имеют для него значение? Если она перестанет быть служанкой, то кто как не я будет служанкой, если только я не сбегу в ночи и никогда не вернусь — я умру в пустыне, и меня начисто обглодают птицы, а за ними — муравьи. Но заметит ли он этот укор? Хендрик наткнется на меня в своих блужданиях и принесет в мешке. Они опустят меня в яму, зароют и произнесут молитву. Потом она разожжет огонь, наденет передник и вымоет посуду — целую гору посуды, одну кофейную чашку за другой, которые я оставила, и вздохнет, и попрекнет меня моей смертью.

100. Я верчусь в темноте, пытаясь отвлечься. Когда слишком много мучений, слишком много одиночества, становишься животным. Я теряю всякую человеческую перспективу. Когда-нибудь я выйду из истерического состояния и, протащившись по коридору, предстану перед ними — бледная, заплаканная, безучастная. Тогда эротические чары будут нарушены, девушка соскользнет со своего стула, мой отец усадит меня и даст что-нибудь выпить, чтобы я пришла в себя. Возможно, девушка даже исчезнет в ночи, все снова будет хорошо, оттянется момент, когда дверь со щелчком закроется за ними двумя, преградив мне доступ в комнату, для которой я всегда была недостаточно хороша. Но сегодня вечером я слишком долго била руками и ногами по воде, я ослабела, я устала от бесед с самой собой; сегодня вечером я собираюсь расслабиться, исследовать удовольствие от того, что тонешь, почувствовать, как мое тело ускользает от меня и на его месте появляется другое тело — руки внутри моих рук, рот внутри

моего рта. Я приветствую смерть как вариант жизни, при котором я не буду собой. Тут кроется какое-то заблуждение, которое мне следовало бы понимать, но я не понимаю. Потому что когда я проснусь на дне океана, я буду говорить тем же занудным голосом — это будут слова, или пузырьки, или что там бывает со словами в воде. Какая скука! Когда же это наконец прекратится? Луна сияет, освещает черные складки одеяния женщины на полу. Из нее поднимается, как миазмы, дьявол с мертвенно-бледным лицом. Слова, которые шепчут эти синие губы, — мои. Я тону в себе. Фантом. Нет, я не фантом. Я наклоняюсь. Я щупаю эту кожу — она теплая; я щиплю это тело, и мне больно. Какого же еще доказательства мне нужно? Я — это я.

101. Я стою за дверью их комнаты, моя рука замерла в нерешительности над китайской ручкой. Они знают, что я здесь. Воздух ожил от моего присутствия. Они виновато замерли в своем положении, ожидая, что я предприму.

Я стучу в дверь и говорю:

— Папа… Ты меня слышишь?

Они молчат, прислушиваясь к своему преступному дыханию.

— Папа, я не могу уснуть.

Они смотрят в глаза друг другу, и его взгляд говорит: «Что мне делать?», а ее взгляд отвечает: «Она не моя».

— Папа, мне не по себе. Что мне делать?

102. Волоча ноги, я возвращаюсь на кухню. Лунный свет падает сквозь незанавешенное окно на голый стол. В раковине лежат тарелка и две чашки, которые нужно вымыть. Кофейник еще теплый. Я бы тоже могла выпить кофе, если бы мне хотелось.

103. Я глажу белую дверную ручку. Рука у меня холодная и влажная.

— Папа... Могу я что-то сказать?

Я поворачиваю ручку, но дверь не открывается. Они заперлись.

Я слышу его дыхание по ту сторону двери. Я сильно стучу в дверь. Откашлявшись, он спокойно произносит:

— Дитя, уже поздно. Давай поговорим завтра. Ступай к себе и поспи.

Он заговорил. Сочтя нужным запереть от меня дверь, сейчас он счел необходимым заговорить со мной.

Я снова изо всех сил стучу. Что он будет делать?

Замок щелкает. В щель просовывается его рука, молочно-белая, с темными волосами. Моментально схватив меня за запястье, он сильно выкручивает мне руку. Я морщусь, но ни за что не закричу. Он раздраженно шипит в ярости:

— Иди спать! Ты понимаешь, что я говорю?

— Нет! Мне не хочется спать!

Это не мои слезы, это просто слезы, которые проходят через меня, так же как моча, которая проходит через меня, — просто моча.

Большая рука скользит вверх по моей, пока не нащупывает локоть. Она сжимает его, пригибая меня все ниже и ниже; моя голова прижата к косяку двери. Я не чувствую боли. В моей жизни что-то происходит, это лучше, чем одиночество, я довольна.

— Сейчас же перестань! Перестань меня злить! Убирайся!

Меня отшвыривают. Дверь хлопает. Ключ поворачивается в замке.

104. Я сижу на корточках у стены, напротив двери. Моя голова болтается. Из горла вырывается какой-то звук — это не плач, не стон, это

не голос, а ветер, который дует со звезд, над полярными пространствами — и через меня. Ветер белый, ветер черный, он ничего не говорит.

105. Мой отец стоит надо мной. Он одет, и у него такой же властный вид, как обычно. Платье у меня слегка задралось, и ему видны мои колени и черные носки и туфли, которыми заканчиваются мои ноги. Но мне безразлично, что он видит. Во мне все еще свистит ветер, хотя теперь уже тихо.

— Давай же, дитя, пойдем в постель.

Тон мягкий, но я, которая улавливает всё, слышу сердитые нотки, и мне известно, насколько фальшив этот тон.

Ухватив меня за запястье, он приподнимает мое вялое тело марионетки. Если он меня отпустит, я упаду. Мне все равно, что будет с этим телом. Если он захочет растоптать его каблуками, я не буду протестовать. Я — вещь, которую он держит за плечи и ведет по коридору в камеру в самом дальнем конце. Коридор бесконечен, наши шаги грохочут, холодный ветер упорно щиплет мое лицо, поглощая слезы, сочащиеся из меня. Ветер дует повсюду, из каждой щели, он превращает всё в камень, ледяной камень самых далеких звезд, звезд, которые мы никогда не увидим, которые проживают свою жизнь от бесконечности до бесконечности, во мраке и неведении. Если только я не путаю их с планетами. Ветер дует из моей комнаты через дверную скважину, через щели; когда дверь откроется, он меня поглотит, я буду стоять в этом черном вихре, ничего не слыша, не осязая, окруженная ветром, который ревет в промежутках между атомами моего тела, свистит в пещере за моими глазами.

106. Он кладет меня на знакомое зеленое покрывало. Поднимает мои ноги и снимает с меня туфли. Разглаживает мое платье. Что еще может он сделать? И снова этот мягкий тон:

— Давай же, дитя мое, засыпай, уже поздно.

Он кладет мне руку на лоб — мозолистую руку человека, который гнет железо. Как нежно, как утешительно! Но он хочет узнать, нет ли у меня температуры, не вызвано ли мое отчаяние микробом. Сказать ему, что во мне нет микробов, ибо мое тело слишком прокисшее, чтобы там завелись микробы?

107. Он ушел от меня. Я лежу изможденная, а мир все вертится и вертится вокруг моей постели. Я говорила, и со мной говорили, дотрагивалась — и до меня дотрагивались. Поэтому я нечто большее, нежели просто отзвук этих слов, следующих через мою голову из никуда в никуда; или луч света в пустоте пространства; или падающая звезда (что-то меня в этот вечер все тянет на астрономию). Так почему же я не могу просто повернутся и уснуть одетой, и проснуться утром, и вымыть посуду, и стушеваться, и ожидать награды, которая, несомненно, будет мне вручена, если только в этой вселенной царит справедливость? Или так: почему я не могу уснуть, мысленно все повторяя и повторяя вопрос: почему я не могу просто уснуть одетой?

108. Колокольчик, созывающий к обеду, находится на своем месте на буфете. Я бы предпочла что-нибудь побольше, например звонкий школьный звонок; возможно, старый школьный звонок прячется где-то на чердаке, покрытый пылью, дожидаясь своего часа, — если когда-нибудь там была школа; но у меня нет времени его искать (хотя у них ушло бы сердце

в пятки, если бы они услышали шуршание мышиных лапок, хлопанье крыльев летучих мышей, призрачные шаги мстителя прямо у них над головой, над кроватью). Босиком, неслышно, как кошка, придерживая язык колокольчика, я крадусь по коридору и прикладываю ухо к дверной скважине. Все тихо. Лежат ли они, затаив дыхание — два затаенных дыхания, — ожидая, что́ я буду делать? Они уже уснули? Или лежат, сжимая друг друга в объятиях? Это делается вот так — движения, неприметные для слуха, как у мух, склеившихся вместе?

109. Колокольчик издает тихий непрерывный звон.

Когда у меня устает правая рука, я начинаю звонить левой.

Я чувствую себя лучше, чем когда стояла здесь в последний раз. Я спокойнее. Я начинаю напевать про себя, сначала приноравливаясь к звуку колокольчика, затем улавливаю его и мурлычу в тон.

110. Время течет мимо, туман, который рассеивается, сгущается и всасывается в темноту впереди. То, что я считаю своей болью, хотя это

всего лишь одиночество, начинает проходить. Кости моего лица оттаивают, я снова становлюсь мягкой, мягкое человеческое животное, млекопитающее. Колокольчик нашел свой ритм: четыре раза тихо, четыре — громко, и я начинаю вибрировать вместе с ним. Мои печали покидают меня. Маленькие существа, похожие на палочки, они выползают из меня и исчезают.

111. Все еще будет хорошо.

112. Меня ударили. Вот что случилось. Меня сильно ударили по голове. Я ощущаю вкус крови, в ушах звенит. Колокольчик вырывают у меня из рук. Я слышу, как он со звоном падает на пол, в дальней части коридора, и катается направо и налево, как все колокольчики. В коридоре раздается эхо от криков, которые я не могу разобрать. Соскользнув по стене, я осторожно сажусь на пол. Теперь я явственно ощущаю вкус крови. Из носу у меня идет кровь. Я глотаю кровь; высунув язык, я чувствую ее вкус на губах.

Когда меня в последний раз ударили? Не могу вспомнить. Может быть, меня никогда прежде не били, возможно меня только лелеяли, хотя в это трудно поверить, лелеяли, упрекали и пренебрегали мною. Мне не больно, но это было оскорбительно. Меня оскорбили и возмутили. Минуту тому назад я была девственницей, а сейчас нет — я имею в виду удары.

Крики все еще висят в воздухе, как зной, как дым. При желании я могу протянуть руку и почувствовать его плотность.

Надо мной маячит огромный белый парус. Воздух плотен от криков. Я закрываю глаза и уши. Шум просачивается в меня. Я начинаю шуметь. Мой желудок бунтует.

Еще удар, деревом по дереву. Далеко-далеко звякает ключ. Воздух еще звенит, хотя я одна.

Со мной разобрались. Я мешала, и теперь со мной разобрались. Это нужно обдумать, время у меня есть.

Я нахожу свое прежнее место у стены, удобное, туманное, даже томное. Не знаю, будут ли это мысли или сны.

Существуют огромные пространства в мире, где, если верить тому, что читаешь, всегда идет снег.

Где-то в Сибири или на Аляске есть поле, покрытое снегом, и в середине его — столб, покосившийся, сгнивший. Хотя, возможно, там середина дня, свет такой тусклый, что это может быть и вечер. Непрерывно падает снег. И больше ничего не видно вокруг.

113. В том углу у входной двери, где хранились бы зонтики, если бы мы ими пользовались, если бы во время дождя мы не подставляли под струи воды лицо, ловя ртом капли и радуясь, стоят два ружья. На самом деле там стоячая вешалка для пальто и шляп. Эти ружья — дробовики для охоты на куропаток и зайцев. Я прихожу в восторг.

Я не знаю, где хранятся патроны для дробовика. Но в маленьком ящике вешалки я на ощупь нахожу шесть патронов с острыми бронзовыми носами — они лежали здесь годами среди пуговиц и булавок.

Глядя на меня, не подумаешь, что я умею обращаться с ружьем, но я действительно умею. У меня есть кое-какие качества, в которые никто бы не поверил. Не уверена, что смогу зарядить магазин в темноте, но я в состоянии загнать один патрон в казенную часть и закрыть скользящий затвор. Мои ладони влажные, и это неприятно, обычно они сухие до такой степени, что шелушатся.

114. Мне неспокойно, хотя я и действую. Где-то во мне образовался вакуум. Ничто из того, что сейчас происходит, меня не удовлетворяет. Я была довольна. Когда стояла в темноте, звеня в колокольчик и мурлыкая себе под нос; однако я сомневаюсь, что, если вернуться, поискать под мебелью и найти колокольчик, а потом, смахнув с него паутину, начать звонить и мурлыкать, то можно вернуть счастье, которое я тогда ощущала. Есть вещи, которые нельзя обрести вновь. Возможно, это доказывает реальность прошлого.

115. Мне нелегко. Я не могу поверить в то, что со мной происходит. Покачав головой, я вдруг перестаю понимать, отчего бы мне не провести ночь в своей постели, заснув; и отчего бы моему отцу не провести ночь в своей постели, заснув; а жене Хендрика — в своей с Хендриком постели, заснув. Я не понимаю, зачем нужно все то, что мы делаем — любой из нас. Все это лишь наши причуды. Почему бы нам не признать, что жизнь наша пуста — пуста, как пустыня, в которой мы живем, — и не заняться весело подсчетом овец и мытьем чашек? Я не понимаю, отчего история нашей жизни должна

быть интересной. У меня возникают попутные соображения относительно всего.

116. Патрон аккуратно вошел в патронник. Что же со мной не так? Ведь я, остановившись, чтобы поразмыслить, несомненно продолжу начатое. Возможно, мне не хватает решимости иметь дело не с надоевшими кастрюлями и одной и той же подушкой каждую ночь, а с историей, столь скучной, что это вполне могла бы быть история молчания. Чего мне не хватает, так это мужества перестать говорить, вернуться в молчание, из которого я вышла. История, которую я излагаю, заряжая ружье, — всего лишь лихорадочная фальшивая болтовня. Я — одна из тех неосновательных людей, которые не в состоянии выйти за свои пределы без пуль? Вот чего я боюсь, выскальзывая в ночь, полную лунного света, — неправдоподобная фигура. Вооруженная леди.

117. Двор залит серебристо-голубым светом. Побеленные стены сарая сияют призрачной белизной. Вдали блестят крылья мельницы. Ночной ветерок ясно доносит до меня стон и глухой стук поршня. У меня дух захватывает

от красоты мира. Вот так же, как пишут в книгах, спадает пелена с глаз осужденных, когда они идут к виселице или плахе, скорбя о том, что они должны умереть, и все же с благодарностью за то, что жили. Возможно, мне стоит отказаться от пристрастия к солнцу и стать преданной поклонницей луны.

Однако я слышу какой-то чуждый звук — то слабее, то сильнее. Это тоскливый вой собаки, которая непрерывно то лает, то рычит, то воет. Нет, это не собака, а обезьяна или человеческое существо, возможно несколько человек. Звуки доносятся откуда-то из-за дома.

Держа перед собой ружье как поднос, я ступаю по гравию и, обойдя сарай, захожу за дом. Вдоль всей стены дома — густая тень. В тени возле двери кухни лежит оно — не собака, не обезьяна, а человек. Приблизившись, я вижу, что это Хендрик — тот единственный человек, которому не следовало бы здесь находиться. При виде меня его бормотание прекращается. Он пытается встать, но тут же падает. Он протягивает ко мне руки ладонями вверх.

— Не стреляйте! — говорит он. Так он шутит.

Мой палец на спусковом крючке. От него исходит резкий запах — это не вино, а бренди.

Он мог получить бренди только от моего отца. Значит, его подкупили, а не обманули. Нащупывая за спиной дверь кухни, он снова пытается подняться. Его шапка падает с колен на землю. Потянувшись за ней, он медленно валится на бок.

— Это я, — говорит он, протягивая свободную руку к дулу ружья, которое ему не достать. Я делаю шаг назад.

Лежа на боку у порога, с подтянутыми коленями, он забывает обо мне и начинает рыдать. При каждом всхлипе пятки его дергаются.

Мне нечем ему помочь.

— Ты простудишься, Хендрик, — говорю я.

118. Дверь моего отца заперта от меня, но окно, как всегда, открыто. На сегодня с меня довольно слушать звуки, производимые другими людьми. Поэтому необходимо действовать быстро, не раздумывая, и, поскольку я не могу зажать уши, я буду тихонько мурлыкать себе под нос. Я просовываю ствол ружья между занавесками. Оперев его о подоконник, я приподнимаю ружье, целясь в дальний угол потолка, и, прикрыв глаза, спускаю курок.

Я никогда прежде не слышала, как звучит выстрел в доме. Я привыкла к эху, которое волна за волной доносится ко мне с холмов. Но сейчас приклад просто дернулся, я ощутила толчок в плечо, не особенно сильный, и после мгновенного затишья — первые крики.

Прислушиваясь к ним, я вдыхаю запах пороха. Когда куски железной руды трутся друг о друга, возникает искра и пахнет точно так же.

119. Вообще-то я никогда прежде не слышала подобного крика. Он наполняет темную комнату своим блеском и сверкает сквозь стены, словно они стеклянные. Он замирает, потом звучит с новой силой. Я изумлена. Мне не верится, что можно так громко кричать.

Затвор возвращается на место, стреляная гильза звенит у моих ног, второй патрон, прохладный, чужой, скользит в казенную часть.

Крики становятся более короткими, они приобретают ритм. К ним примешиваются крики потише, сердитые, без ритма, — я отделю их позже, когда у меня будет время, если смогу их вспомнить.

Я приподнимаю ствол, закрываю глаза и спускаю курок. В то же мгновение я ощущаю толчок, и из-за сильной отдачи ружье вырывается у меня из рук, как ни странно. Оно проходит между занавесками и исчезает. Я стою на коленях с пустыми руками.

120. Теперь мне следует уходить. Я наделала достаточно шума, в животе у меня неприятное урчание, ночь для них испорчена, мне несомненно придется платить. Сейчас будет лучше, если я побуду одна.

121. Хендрик стоит посреди двора в лунном свете, наблюдая за мной. Неизвестно, что он думает.

Холодными, четко сформулированными словами я говорю ему:

— Ступай спать, Хендрик. Поздно. Завтра будет другой день.

Он покачивается, на лицо падает тень от шляпы.

Крики становятся пронзительными. Для всех нас было бы лучше, если бы я ушла.

Я обхожу вокруг Хендрика и выхожу на дорогу, которая ведет от дома, или, если кому-то предпочтительней взглянуть на нее иначе, — которая ведет в широкий мир. Сначала у меня ощущение, что мне смотрят в спину, но затем оно проходит.

122. Возможно ли, что существует объяснение всему, что я делаю, и это объяснение лежит внутри меня, как ключ, позвякивающий в жестяной коробке, и ожидает, когда его вынут и отопрут им тайну? И уж не кроется ли ключ в следующем: надеюсь ли я посредством конфликта с отцом выбраться из бесконечных размышлений о неприкаянном существовании и погрузиться в настоящую борьбу, с кризисом и разрешением? Если это так, то хочу ли я применить ключ или тихонько бросить его у дороги и больше никогда не видеть? И разве это не удивительно: я только что ушла от сцены, знаменующей перелом, с пальбой, воплями, прерванными любовными утехами, шаги мои шуршат по гальке, лунные лучи нарисовались на мне, как прутья серебряной решетки, ночной ветерок веет прохладой — и вот я уже снова занята болтовней? Интересно, я — вещь среди вещей, тело, которое несут по пути мускулы и рычаги из костей, — или я монолог, движущийся сквозь время, примерно на высоте пяти футов над землей, если только не окажется, что земля — это

всего лишь еще одно слово, и тогда мне действительно конец? В любом случае я определенно не я в том ясном смысле, как мне бы хотелось. Когда я заглажу свое сегодняшнее поведение? Мне следовало сохранять спокойствие или быть менее нерешительной. Мое отвращение к горю Хендрика показало, как я нерешительна. Женщина, у которой в жилах течет красная кровь (Какого цвета моя? Водянистая розовая? Чернильно-фиолетовая?), вложила бы ему в руки топорик и втолкнула бы его в дом, чтобы он отомстил. Женщина, исполненная решимости быть автором своей собственной жизни, не побоялась бы раздернуть занавески, чтобы свет залил место преступления — лунный свет, свет от горящих головешек. Но, как я и боялась, я мечусь между напряжением драмы и вялостью размышления. Хотя я нацелила ружье и спустила курок, я закрыла глаза. И вести себя подобным образом заставила меня не женская слабость, а тайная логика, психология, которая не позволила мне смотреть на наготу моего отца. (Возможно, та же самая психология сделала меня неспособной утешить Хендрика.) (Я ничего не сказала о наготе девушки. Почему?) В том, что у меня имеется психология, есть утешение: было ли когда-нибудь существо, благословленное психологией и в то же время без существования? — но есть также и повод для беспокойства. Чьим существом, в повести о бессознательных мотивах, я буду? Моя свобода подвергается риску, меня заталкивают в угол силы, не подчиняющиеся мне, скоро мне ничего не останется, как сидеть в уголке и плакать. И не важно, что в данный момент этот уголок представляет собой долгую прогулку по дороге: в конце пути я обнаружу, что земля круглая; углы имеют много форм. Я не приспособлена для жизни на большой дороге. Нет, пока у меня есть ноги и — не буду обманывать себя, заявляя о необходимости средств к существованию, — саранча, ливневая вода (порой придется сменить обувь), я могу идти до бесконечности; истина заключается в том, что мне не вынести тех людей, с которыми я встречусь: трактирщиков, форейторов, разбойников с большой дороги (если я только в том веке), — и приключений: изнасилований и ограбления (правда, красть у меня особенно нечего, да и для насильников я не представляю интереса) — да, такое не забудешь, и случается это с самыми, казалось бы, неподходящими людьми. Если, с другой стороны, дорога вечно будет такой, как сейчас, — темной, петляющей, каменистой, — если я вечно буду брести по ней в лунном свете или при свете солнца, не приходя в такие места, как Армоэде, станция или город, где гибнут дочери, если — чудо из чудес! — дорога не приведет никуда день за днем, неделя за неделей, месяц за месяцем — разве что, если мне повезет, на край света, — тогда я могла бы ей предаться, истории жизни на дороге, без психологии, без приключений, без формы; шлеп-шлеп-шлеп в моих старых башмаках на пуговицах, которые износятся, но будут немедленно заменены новыми башмаками на пуговицах, висящими на веревочке у меня на шее, как две черные груди, с редкими остановками ради саранчи и дождевой воды, или с еще более редкими остановками, чтобы справить естественную нужду, или с остановками, чтобы вздремнуть или помечтать, без этого не прожить, и с лентой моих размышлений, черных на белом, плывущих, как туман, над землей, на высоте пять футов, и тянущихся назад, к горизонту, — да, такой жизни я могла бы предаться. Если бы я знала: это все, что от меня требуется, моя походка сразу бы ускорилась, шаг удлинился, бедра начали бы раскачиваться, и я бы шла вперед счастливая, с улыбкой. Но у меня есть причина подозревать — а может быть, и не причина, а нечто бессознательное, подозрение, чистое и простое, беспочвенное подозрение, что эта дорога приведет, если я сверну направо, в Армоэде, а если я сверну налево, то на станцию. А если я выберу путь на юг и побреду по шпалам, то однажды окажусь на берегу моря и смогу гулять по пляжу, прислушиваясь к шуму волн, или войти в море, где не случится чуда, и, неуклонно подгоняемая его механизмами, я уйду с головой под воду, и лента слов наконец-то иссякнет навсегда, и останутся лишь пузырьки. А что же я скажу людям в поезде, которые будут смотреть на меня так странно из-за запасных башмаков, висящих у меня на шее, из-за саранчи, которая выпрыгивает из моей сумки, — этому добродушному старому джентльмену с серебристыми волосами, этой толстой леди в черном платье, которая промокает пот на верхней губе изящнейшим платочком, этому чопорному юноше, который так пристально смотрит на меня и может в любую минуту, в зависимости от века, оказаться моим давно утраченным братом или моим соблазнителем — или сразу и тем и другим?

Какие слова я найду для них? Я открываю рот, они видят мои гнилые зубы, чувствуют запах воспаленных десен, они бледнеют, услышав рев старого, холодного, черного ветра, который дует из меня бесконечно, из никуда в никуда.

123. Мой отец сидит на полу, прижавшись спиной к спинке большой двуспальной кровати, на которой родилось столько младенцев в нашей семье. Он голый до пояса. Тело у него белое, как лилия, а лицо, которое должно быть такого же кирпично-красного цвета, что и руки, желтое. Он смотрит прямо на меня, стоящую в свете раннего утра, прижав руку ко рту.

Остальная часть его тела завернута в зеленую ткань. Он стащил вниз зеленые занавеси вместе с карнизом — вот почему в комнате так светло. Эти занавеси он придерживает у талии.

Мы смотрим друг на друга. Как бы я ни пыталась, мне не разгадать, какие чувства выражает его лицо. Я не умею читать по лицам.

124. Я прохожу по дому, закрывая двери: две двери гостиной, две двери столовой, дверь спальни, дверь швейной комнаты, дверь каби-

нета, дверь ванной, дверь спальни, дверь кухни, дверь кладовой, дверь моей комнаты. Некоторые двери уже закрыты.

125. Чашки так и не вымыты.

126. В комнате моего отца мухи. В воздухе гудит от их жужжания. Они ползают у него по лицу, и он их не смахивает — он, который всегда был брезгливым. Они сидят у него на руках, которые красны от крови. На полу — пятна высохшей крови, кровь запеклась на занавесях. Меня не тошнит от крови, мне случалось делать кровяную колбасу, но в данном случае мне, пожалуй, лучше бы на некоторое время выйти из комнаты, прогуляться, чтобы прояснилось в голове. Но я остаюсь, я не могу уйти.

Он говорит, длительно откашлявшись.

— Позови Хендрика, — говорит он. — Пожалуйста, скажи, чтобы он пришел.

Он не сопротивляется, когда я разжимаю его пальцы, вцепившиеся в окровавленный занавес, который он прижимает к себе. В животе у него дырка — такая, что я могу засунуть туда большой палец. Кожа вокруг раны обожжена.

Его рука нащупывает уголок занавески и прикрывает член.

Я опять виновата в том, что ничего не могу сделать как надо. Я снова прикрываю его занавеской.

127. Сейчас я бегу как не бегала с самого детства: со сжатыми кулаками, размахивая руками, ноги увязают в сером песке русла реки. Я полностью поглощена своей задачей, это действие без всяких мыслей — животное весом в девяносто фунтов несется сквозь пространство, подгоняемое несчастьем.

128. Хендрик спит на голом матрасе. Наклонившись над ним, я ощущаю резкий запах спиртного и мочи. Задыхаясь, я выпаливаю в его невосприимчивое ухо свою весть:

— Хендрик, проснись, вставай! С хозяином произошел несчастный случай! Пойди и помоги!

Он размахивает руками, ударяя меня, выкрикивая со злостью отдельные слоги, затем снова валится, впадая в оцепенение.

Девушки здесь нет. Где же она?

Я начинаю швырять в Хендрика разные предметы: чайник, ложки и ножи, тарелки.

Я беру швабру и тычу щетиной ему в лицо. Он слезает с постели, заслоняясь руками. Я продолжаю тыкать шваброй.

— Слушай меня, когда я с тобой говорю! — кричу я, тяжело дыша.

Я вне себя от злости. Вода льется из чайника на матрас. Он отступает к двери и растягивается на пороге. Ослепленный солнцем, он ложится на бок и сворачивается калачиком в пыли.

— Где бутылка? Скажи мне! Где бренди? Где ты взял бренди? — Я стою над ним со шваброй в руке, в общем-то довольная, что нас никто не видит: взрослого мужчину, взрослую женщину.

— Оставьте меня в покое, мисс! Я ничего не крал!

— Где ты взял бренди?

— Хозяин дал его мне, мисс! Я не крал.

— Встань и послушай меня. С хозяином произошел несчастный случай. Ты понимаешь? Ты должен пойти и помочь.

— Да, мисс.

Он пытается подняться на ноги, качается и, пошатнувшись, падает. Я высоко поднимаю швабру. Он обиженно поднимает ногу, защищаясь.

— Давай же, ради бога, шевелись! — пронзительно кричу я. — Хозяин умрет, если ты не поможешь, и тогда это будет не моя вина!

— Подождите минутку, мисс, это нелегко.

Он не делает никаких попыток подняться. Лежа на земле, он улыбается.

— Ты пьяница, ты грязный пьяница, с тобой покончено, я клянусь в этом! Пакуй свои вещи и убирайся отсюда! Я не желаю тебя больше видеть.

Ручка швабры ударяется о его подошву и выпадает у меня из рук.

129. Я тащусь обратно по руслу реки, задыхаясь. Если бы река с ревом обрушилась потоком и смыла нас всех, овец и все остальное, очистив землю! Возможно, так и кончится эта повесть — если только вначале не сгорит дом. Но розовато-лиловый рассвет угас, нас ожидает еще один чудесный день; я бы сказала, что небо безжалостное, если бы не знала, что небо просто ясное, земля просто сухая, скалы просто твердые. Что за чистилище — жить в этой бесчувственной вселенной, где все, кроме меня, является просто собой! Я одна-единственная песчинка, которая не крутится слепо, но пыта-

ется создать для себя жизнь среди этой бури из материи, этих тел, приводимых в действие аппетитом, и этого сельского идиотизма! К горлу подступает тошнота, я не привыкла бегать, я издаю на бегу неприличный звук. Мне следовало бы жить в городе; жадность — вот порок, который я могу понять. В городе мне было бы где расширяться; быть может, еще не поздно, возможно, я еще могу сбежать в город, переодевшись мужчиной — маленький, сморщенный безбородый мужчина, — и предаться там алчности, сделать себе состояние и найти счастье — правда, последнее маловероятно.

130. Я стою у окна спальни, грудь моя тяжело вздымается.

— Хендрик не придет. Он пьян. Папе не следовало давать ему бренди, он не привык к этому напитку.

Ружье со вчерашней ночи лежит на полу у окна.

Лицо у отца желтого оттенка. Он сидит, как прежде, прижимая к себе занавеску. Он не поворачивает головы. Неизвестно, услышал ли он меня.

131. Я становлюсь на колени возле него. Он смотрит на пустую стену, но его взгляд сосредоточен на чем-то за ее пределами — возможно, на бесконечности или даже на его спасителе. Он мертв? Несмотря на все оспы и инфлюэнцы в моей жизни, я не присутствовала при смерти кого-нибудь крупнее свиньи.

Его дыхание ударяет мне в нос — лихорадочное, нечистое.

— Воды, — шепчет он.

В ведре с водой плавают мошки. Вычерпав их, я выпиваю кружку. Потом отношу ему целую кружку и придерживаю ее у его губ. Он глотает с энергией, которая успокаивает.

— Могу я помочь папе лечь в постель?

Он тихонько стонет, скрежеща зубами, сопровождая стоном каждый вдох. Его пальцы ног, высунувшиеся из-под занавески, сжимаются и разжимаются.

— Помоги мне, — шепчет он, — скорее позови доктора. — По щекам у него катятся слезы.

Я подхватываю его сзади под мышки, пытаясь приподнять. Он мне совсем не помогает.

Он плачет как ребенок.

— Помоги мне, помоги мне, боль ужасна! Быстрее принеси что-нибудь, чтобы прекратить боль!

— Бренди больше нет. Папа всё отдал Хендрику. Теперь, когда нам нужно бренди, его нет.

— Помоги мне, дитя, я не могу это вынести, я никогда не испытывал такой боли!

132. Мои подошвы противно липнут к полу. Я хожу по дому без всякого плана и цели, оставляя следы, которые мне придется замывать.

Он сидит в луже крови, как младенец, который описался.

133. В третий раз я тащусь через русло реки, на этот раз еле передвигая ноги. На плече у меня висит ружье, приклад ударяет меня по икрам. Я чувствую себя старым служакой, но не представляю себе, как выгляжу в действительности.

Хендрик лежит на спине, похрапывая. Еще один вонючий мужчина.

— Хендрик, вставай сию же минуту, или я стреляю. Мне надоели твои игры. Ты нужен господину.

Когда говоришь то, что действительно имеешь в виду, и не кричишь в панике, а говоришь спокойно, продуманно, решительно, тогда тебя понимают и тебе повинуются. Как приятно заметить универсальную истину! Хендрик поднимается на ноги и, пошатываясь, следует за мной. Я даю ему нести ружье. Патрон в казенной части израсходован еще до полуночи. Я безобидна, несмотря на грозный вид.

134. — Хендрик, возьми его под плечи, тогда мы сможем поднять его на кровать.

Хендрик берет моего отца за плечи, я — за колени, и мы переносим его на развороченную кровать. Он стонет и бредит. Я приношу таз с водой, губку и карболовую кислоту.

То, чего я не видела прежде, — это зияющая рана на спине, из которой непрерывно течет кровь. Ее окружают лепестки плоти. Я осторожно обмываю вокруг них. Когда губка задевает за голое мясо, он дергается. Но, по крайней мере, в ране нет пули.

На рану такого размера не хватает бинтов. Я начинаю резать простыню на полосы портняжными ножницами. На это уходит много времени. Хендрик суетится вокруг, пока я не приказываю ему отгонять от хозяина мух. Он робко выполняет мое распоряжение.

Хендрик приподнимает отца, и я прикрываю обе раны подушечками из корпии и накладываю бинты. Член меньше, чем я думала, он почти затерялся в густых черных волосах, доходящих до пупка, — бледный мальчик, мошка, карлик, сынок-идиот, который годами жил, запертый в погребе, на хлебе и воде, беседуя с пауками, напевая сам себе, и вот однажды вечером его одевают в новую одежду, носятся с ним, освобождают, балуют, устраивают для него праздник, а потом казнят. Маленький бедняжка. Невозможно поверить, что я произошла оттуда. Если бы мне сказали, что я — идея, которая была у моего отца много лет тому назад, а затем она ему надоела и он о ней забыл, я бы отнеслась к этому с меньшим недоверием, хотя и скептически. Меня лучше объяснить как идею, которая была у меня самой, тоже много лет тому назад, и я неспособна стряхнуть ее.

Хендрик смущен моими прилежными руками и глазами, моими послушными руками и глазами, но все равно моими женскими руками и глазами, находящимися так близко от этого бледного незащищенного признака мужественности. Я чувствую его смущение и, повернувшись, улыбаюсь — это первая искренняя улыбка, которой я одарила его сегодня или, быть может, за все годы, что я его знаю. Он опускает глаза. Могут ли темнокожие люди краснеть?

Я надеваю отцу через голову чистую ночную сорочку. С помощью Хендрика опускаю ее до колен. Теперь он чистый и пристойный.

— Теперь нам остается только ждать, Хендрик. Ступай на кухню, через минуту я приду и сварю кофе.

135. Итак, совершенно внезапно я очутилась в центре моральных проблем, а мое воспитание вряд ли меня к этому подготовило. Что мне делать? Когда Хендрик обретет равновесие, он захочет узнать, произошел ли несчастный случай из-за эксцентричности правящей касты или виновата я, и этим можно будет воспользоваться. Он захочет знать, кто больше всех опозорен — он или я, мы или они — и кто больше заплатит за молчание. Анна Маленькая, если она когда-нибудь найдется, захочет знать, рассержена ли я или напугана ее связью с моим отцом. Она захочет знать, готова ли я защищать ее от Хендрика и попытаюсь ли я в будущем держать ее подальше от моего отца. Она и Хендрик вместе захотят узнать, должны ли они покинуть ферму или скандал замнут.

Мой отец захочет узнать, к какому покаянию можно меня принудить; буду ли я обрабатывать девушку, пока он прикован к постели; следует ли сочинить какую-нибудь историю, чтобы объяснить его ранение, — например, несчастный случай на охоте, — и придерживаться этой версии нам четверым. За мной будут наблюдать из-под опущенных век, каждое мое слово будут взвешивать, мне будут говорить слова, вежливый оттенок которых, нейтральная окраска и непрозрачная поверхность не смогут скрыть насмешливое звучание. За спиной у меня будут обмениваться улыбками. Совершено преступление. Должен быть и преступник. Кто виновен? Я в ужасном положении. Силы во мне, принадлежащие к психологии, к которой я питаю такое отвращение, завладеют мной и заставят поверить, что я хотела совершить преступление, желала смерти своему отцу. За спиной у меня будут грозить пальцем темные, коварные фигуры Хендрика и Анны Маленькой, и дни мои превратятся в сплошное покаяние. Я буду зализывать раны отца, купать Анну Маленькую и относить ее в постель, прислуживать Хендрику. В предрассветном сумраке я буду разжигать огонь в очаге — служанка служанки. Я буду подавать им завтрак в постель и благословлять их, когда они будут меня оскорблять. Змей уже явился, и старый Эдем мертв!

136. Я себя обманываю. На самом деле все хуже, гораздо хуже. Он никогда не поправится. То, что когда-то было пасторалью, стало одной из тех удушливых историй, в которых брат и сестра, жена и дочь и наложница подкрадываются и грызутся около кровати, прислушиваясь к предсмертному хрипу, или выслеживают друг друга в темных коридорах родового гнезда. Это несправедливо! Я ничего не понимаю в смене форм. Мой талант проявляется, когда я имею дело с чем-то постоянным, когда самая суть вещей — огонь или лед тождественности. Моя среда — лирика, а не хроника. Когда я стою в этой комнате, то вижу не отца и хозяина, умирающего на постели, а солнечный свет, отражающийся нечестивым блеском в капельках пота у него на лбу; я вдыхаю запах крови, схожий с запахом камня, масла, железа, запах, который те, кто путешествует в пространстве и времени, вдыхая и выдыхая черноту, пустоту, бесконечность, ощущают, проходя через орби-

ты мертвых планет — Плутона, Нептуна — и тех, что еще не открыты, — такие они крошечные и отдаленные; это запах, который издает материя, когда она очень старая и хочет спать. О отец, отец, если бы только я могла узнать твои секреты, пробраться сквозь медовые соты твоих костей, услышать шумок твоего костного мозга, пение твоих нервов, плыть по течению твоей крови и наконец выбраться в спокойное море, где плавают мои бесчисленные братья и сестры, помахивая своими хвостами, улыбаясь, шепча мне о жизни, которая придет! Я хочу второй шанс! Пусть я уничтожусь в тебе и появлюсь во второй раз — чистая и новая, сладкая рыбка, хорошенький младенец, смеющийся малыш, счастливый ребенок, веселая девушка, зардевшаяся невеста, любящая жена, нежная мать в истории с началом и концом, в маленьком городишке, с добрыми соседями, с кошкой на коврике у камина, геранью на подоконнике, с ласковым солнышком! Я — сплошная ошибка! Среди всех этих белых рыбок затесалась одна черная, и этой черной рыбе предназначено было стать мной. Я не была сестрой никому из них, я вся была неудачей, я была акулой, детенышем черной акулы. Почему ты не распознал это и не перерезал ей горло? Что за милосердный отец! Ты никогда не любил меня, но послал в мир в виде монстра! Сокруши меня, поглоти меня, уничтожь меня, пока еще не слишком поздно! Сотри меня начисто, сотри и этих шепчущихся соглядатаев, и этот дом в центре ничего и позволь мне сделать еще одну попытку в цивилизованном месте! Проснись и обними меня! Покажи мне свое сердце хоть разочек, и я клянусь, что никогда больше не загляну ни в твое сердце, ни в чье-нибудь еще, пусть это будет даже каменное сердце! Я также перестану вести эти разговоры — больше ни словечка! Когда слова придут, я их подожгу! Разве ты не видишь, что лишь отчаяние, отчаяние и любовь заставляют меня говорить это? Поговори со мной! Должна ли я взывать к тебе словами из крови, чтобы заставить тебя заговорить? Каких еще ужасов ты от меня потребуешь? Должна ли я вырезать свои мольбы ножом у тебя на теле? Ты думаешь, что сможешь умереть прежде, чем скажешь мне «да»? Ты думаешь, я не смогу дышать за тебя твоими легкими или заставить биться твое сердце, сжимая его в кулаке? Ты думаешь, я положу монеты на твои глаза прежде, чем ты на меня посмотришь, или подвяжу тебе челюсть прежде, чем ты заговоришь? Ты и я будем жить в этой комнате вместе, пока я не добьюсь своего, пока не прозвучит трубный глас, пока звезды не посыплются с неба. *Я — это я!* Я могу подождать!

137. В его состоянии нет изменений.

Я теряю терпение, на меня все действует. Я не могу больше слоняться из комнаты в комнату, выполняя прозаические задачи, не могу вести глупые разговоры с Хендриком. Ничего не происходит, и мы ничего не можем с этим поделать. Мы хандрим. Я верчу большие пальцы и томлюсь. Если бы только пошел дождь! Если бы только ударила молния и подожгла велд! Если бы только последняя из рептилий поднялась из ила со дна запруды! Если бы только обнаженные мужчины на пони прискакали с холмов и перебили нас! Что мне делать, чтобы спасти себя от скуки именно в этот день? Почему бы Хендрику не воткнуть нож для хлеба в грудь человека, который похитил радость его жизни? Почему бы не появиться Анне Маленькой из своего укромного местечка, где бы оно ни было, не упасть на колени перед мужем, прося прощения, и не дать заковать себя в наручники и плевать себе в лицо, и, помириться? Почему она не плачет у постели своего любовника? Почему Хендрик такой замкнутый? Почему, вместо того чтобы без устали ждать на кухне, он не ошивается возле меня, многозначительно улыбаясь и намекая на цену молчания? Почему мой отец не поднимется и не проклянет нас? Почему это я должна давать жизнь не только себе — одна унылая минута за другой, — но и всем остальным на ферме, и самой ферме, каждой палке и камню на ней? Я сказала однажды, что сплю, но это ложь. Я сказала, что каждую ночь надеваю белую ночную сорочку и засыпаю, а мои мозолистые пальцы ног указывают на звезды. Но это не может быть правдой. Как я могу позволить себе спать? Если бы хоть на минуту я выпустила мир из рук, он бы распался: Хендрик и его застенчивая жена обратились бы в прах в объятиях друг друга и рассеялись бы по полу, сверчки перестали бы петь, дом стал бы бледной абстракцией из линий и углов на фоне бледного неба, мой отец поплыл бы, как черная туча, и его засосало бы в логово внутри моей головы, и он бился бы о стены и ревел как медведь. Все, что осталось бы, — это я, лежащая в этот роковой момент, уснув на нематериальной кровати над нематериальной землей, прежде чем все исчезнет. Я сочиняю все это, чтобы оно сочинило меня. Сейчас я не могу остановиться.

138. Но я вижу сны. Я не сплю, но вижу сны. Не знаю, как мне это удается. Один из моих снов — о кусте. Когда солнце село, луна темна и звезды так слабо светят, что невозможно увидеть руку, поднесенную к лицу, куст в моем сне светится неземным светом. Я стою перед кустом, наблюдая за ним, а куст наблюдает за мной во мраке самой темной ночи. Потом я становлюсь сонной. Я зеваю, и ложусь, и засыпаю (в моем сне), и последняя звезда гаснет в небе надо мной. Но куст, один во вселенной, не считая меня, — но я сплю и поэтому нахожусь неизвестно где, — продолжает освещать меня своим сиянием.

Таков мой сон о неопалимой купине. Уверена, что существует вариант интерпретации, согласно которому мой сон о кусте — это сон о моем отце. Но кто может сказать, чтó такое мой сон об отце?

139. — Мне запрячь ослов, мисс?

— Нет, давай подождем, если мы потревожим сейчас хозяина, боль станет только сильнее.

140. Девушка обнаруживается в швейной комнате. Должно быть, она пряталась там всю ночь, съежившись в углу, прислушиваясь к стонам в спальне и шагам по гравию снаружи, пока не заснула на полу в гнездышке из портьер, как кошка. Приняв решение найти ее, я тотчас же ее отыскала: когда с самого рождения живешь в доме, то знаешь каждый его шорох.

— Итак, теперь веселье и игры закончились! А где твоя одежда? Оставь в покое мои одеяла, пожалуйста, у тебя есть собственная одежда. Ну же, что ты собираешься делать теперь? Что ты скажешь своему мужу? Что ты скажешь ему о прошлой ночи? Ну же, говори — что ты собираешься сказать своему мужу? Чем ты занималась в этом доме? Ах ты сука! Дрянь! Смотри, что ты натворила! Это твоя вина, все эти беды — твоя вина! Но одно я скажу тебе точно: ты уберешься отсюда сегодня же, ты и Хендрик, я покончила с вами! И прекрати реветь, поздно плакать, тебе бы нужно было плакать вчера, сегодня это не поможет! Где твоя одежда?

Оденься, не стой передо мной голая, одевайся и уходи, я не хочу тебя больше видеть! Я собираюсь сказать Хендрику, чтобы он пришел и забрал тебя.

— Пожалуйста, мисс, моя одежда исчезла.

— Не лги мне, твоя одежда в спальне — там, где ты была!

— Да, мисс. Пожалуйста, мисс, он меня прибьет.

Вот так, желчно изливая потоки обид на девушку, раздуваясь от гнева и от сознания собственной правоты, я на благословенные минуты становлюсь женщиной среди женщин, мегерой среди деревенских мегер. Это приходит само по себе, этому не нужно учиться — требуется лишь кроткий объект гнева и недовольство тем, что он не дает тебе сдачи. Я сварлива, но только потому, что вокруг меня бесконечное пространство, и время позади и впереди, из которого, по-видимому, удалилась история, и свидетельство безграничной власти — в этих склоненных головах. Повсюду я бью кулаками по воздуху. Что мне остается, кроме унылого расширения до пределов вселенной? Что же удивительного в том, что никто не может чувствовать себя в безопасности, если я рядом, что самый смиренный цветок велда скорее всего будет осквернен, что я вижу томительный сон о кусте, который сопротивляется моему метафизическому завоеванию? Бедный Хендрик, бедная Анна, какие у них шансы?

141. — Хендрик! Слушай внимательно. Анна в доме. Она сожалеет обо всем, что случилось. Она хочет попросить у тебя прощения. Вот что я хочу знать: должна ли я прислать ее, или будут неприятности? Потому что, Хендрик, я говорю тебе здесь и сейчас: если ты устроишь скандал, я умываю руки, и вы оба можете убираться сегодня же. Я хочу, чтобы все было ясно. То, что случится между тобой и Анной, — не мое дело; но если она придет ко мне и скажет, что ты жестоко с ней обращался, — берегись!

— Анна! Иди сюда немедленно! Давай же, поторапливайся, он ничего не сделает!

Этот ребенок выходит, волоча ноги. На ней снова ее одежда — коричневое платье до колен, синий жакет, красная косынка. Она останавливается перед Хендриком, чертя узоры на гравии большим пальцем ноги. На лице — следы слез. Она все сопит и сопит.

Хендрик говорит:

— Мисс не должна расстраиваться, но мисс слишком уж вмешивается.

Он делает шаг к Анне Маленькой. Голос у него звучит громко от волнения — я никогда не слышала, чтобы он так говорил прежде. Анна юркает мне за спину, утирая нос рукавом. Такое прекрасное утро, а я затесалась в собачью драку.

— Ты! Я тебя убью! — говорит Хендрик.

Анна вцепляется в мое платье между лопатками. Я стряхиваю ее руку. Хендрик ругает ее словами, о значении которых я могу в основном только догадываться, — я никогда их не слышала, как странно!

— Прекрати! — воплю я.

Игнорируя меня, он бросается на Анну. Она быстро поворачивается и бросается наутек, Хендрик бежит за ней. Она проворная и бежит босиком, а он обут, но им движет ярость. Непрерывно визжа, она мечется то вправо, то влево, пытаясь удрать от него. Потом, на середине дороги к школе, в ста ярдах от того места, где я стою, она вдруг падает и сворачивается клубочком. Хендрик начинает лупить ее и пинать; она пронзительно кричит в отчаянии. Подобрав свои юбки, я бегу к ним. Это определенно действие, причем недвусмысленное действие. Не могу отрицать, что наряду с тревогой испытываю радостное волнение.

142. Хендрик ритмично пинает ее своими мягкими туфлями. Он не смотрит на меня, лицо его увлажнилось от пота, ему нужно выполнить работу. Будь у него палка в руках, он бы ею воспользовался, но в наших краях не так-то легко найти палку — в этом смысле его жене повезло.

Я тяну его за жилет.

— Оставь ее! — говорю я.

Похоже, он ожидал моего вмешательства: он берет меня за запястье, потом, плавно повернувшись, за другое. Секунду мы стоим лицом к лицу, и он прижимает мои руки к своей груди. Я чувствую запах его пота — правда, без отвращения.

— Отпусти меня!

Следует ряд движений, которые в эту минуту не могу разобрать, хотя и смогу это сделать позже, ретроспективно, хладнокровно, — я в этом уверена. Меня встряхивают, ноги мои спотыкаются, голова болтается, я теряю равновесие, но мне не дают упасть. Я знаю, что выгляжу смешно. К счастью, когда живешь в сердце ничего, нет необходимости сохранять лицо ни перед кем — а теперь, кажется, и перед слугами. Я не сержусь, хотя у меня лязгают зубы: есть вещи и похуже, чем оказаться слабее кого-то, есть вещи похуже, чем позволить себя трясти — беззлобно, я чувствую, что этот человек не питает ко мне недобрых чувств, его волнение простительно; к тому же, как я вижу, глаза его закрыты.

Спотыкаясь, я отступаю — меня отпустил Хендрик, который отворачивается от меня к девушке. Она убежала. Я тяжело падаю на спину, мои ладони обжигает гравий, юбки взвиваются к воздух, у меня кружится голова, но мне весело, и я готова продолжать; возможно, все эти годы проблема заключалась лишь в том, что мне не с кем было играть. Кровь стучит у меня в ушах. Я закрываю глаза; через минуту я стану собою.

143. Хендрик скрылся из виду. Я отряхиваю одежду, клубы пыли поднимаются в воздух. Карман моей юбки оторван, а кольцо с ключами от кладовой, буфетной и от шкафов в столовой исчезло. Порывшись в земле, я нахожу ключи,

приглаживаю волосы и иду искать Хендрика, направляясь к школе. Событие следует за событием, однако радостное волнение улетучивается, я двигаюсь по инерции, и я уже не знаю, зачем продолжаю следовать за ними, — возможно, их следует предоставить самим себе, чтобы они разобрались в своих проблемах и помирились по-своему. Но я не хочу оставаться в одиночестве, мне не хочется предаваться хандре.

144. Хендрик стоит на четвереньках над Анной Маленькой на низенькой кровати, словно собираясь вонзить зубы в горло девушки. Она поднимает колени, чтобы оттолкнуть его; платье задирается над ее бедрами.

— Нет, — молит она его, и я слышу все это, замерев в дверях школы; вначале мне бросаются в глаза ее бедра и его скулы, потом, когда мои глаза привыкают к темноте в комнате, я вижу все остальное. — Нет, не здесь, она нас застанет!

Две головы одновременно поворачиваются к фигуре, стоящей на пороге.

— Боже! — восклицает она.

Она опускает ноги, приводит в порядок платье и поворачивается лицом к стене. Хендрик выпрямляется, стоя на коленях. Он усмехается, глядя прямо на меня. Из него торчит нечто неприкрытое — должно быть, его половой член, но он какой-то нелепо большой — больше, чем должен быть, если только я не ошибаюсь. Он говорит:

— Мисс, конечно, пришла посмотреть.

145. Я открываю дверь в комнату больного, и в нос мне ударяет сладкое зловоние. Комната мирная и солнечная, но ее наполняет какое-то странное жужжание. Здесь сотни мух — обычных и более крупных, мясных мух, резкое жужжание которых тонет в общем мире, так что звук в комнате насыщенный и полифонический.

Взгляд отца устремлен на меня. Его губы произносят какое-то слово, которое я не слышу. Я неохотно останавливаюсь на пороге. Мне не следовало возвращаться. За каждой дверью — новый ужас.

Отец повторяет слово. Я на цыпочках подхожу к кровати. Жужжание становится пронзительней, когда мухи разлетаются передо мной. Одна продолжает сидеть у отца на переносице и чистить себе «лицо». Я смахиваю ее.

Она поднимается и, покружив, садится мне на руку. Я смахиваю ее. Я могла бы провести вот так весь день. Жужжание снова становится ровным.

«Вода» — вот слово, которое он произносит. Я киваю.

Приподняв простыни, я смотрю. Он лежит в луже крови и дерьма, которые уже начали запекаться. Я снова подтыкаю простыни ему под мышки.

— Да, папа, — говорю я.

146. Я держу кружку у его губ, и он шумно всасывает воду.

— Еще, — шепчет он.

— Сначала подожди немного, — отвечаю я.

— Еще.

Он пьет воду и хватает меня за руку, ожидая чего-то, прислушиваясь к чему-то вдалеке. Я отгоняю мух. Он начинает напевать, сначала тихо, потом все громче и громче, все его тело напрягается. Я должна что-то сделать с его болью. Давление на мою руку принуждает меня опуститься. Я сдаюсь, усевшись на корточки у кровати — мне не хочется садиться на грязную постель. Вонь становится невыносимой.

— Бедный папа, — шепчу я и кладу руку ему на лоб. Он горячий.

Под простынями начинаются судороги. Он тяжело дышит. Я не могу этого вынести. Один за другим я отрываю его пальцы от моей руки, но один за другим они снова сжимаются. У него еще несомненно есть силы. Я высвобождаю руку и встаю. Его глаза открываются.

— Скоро здесь будет доктор, — говорю я ему.

Матрас безнадежно испорчен, его придется сжечь. Я должна закрыть окно. Мне нужно задернуть занавески, полуденная жара и зловоние — это хоть кого доконает. Мне не вынести этих мух.

147. Мухи, которые должны бы пребывать в полном восторге, жужжат сердито. Кажется, ничто их не радует. На целые мили вокруг они отказались от жалких фекалий травоядных и полетели, как стрелы, на этот кровавый пир. Почему они не поют? Впрочем, быть может, то, что кажется мне раздражением, у насекомых на самом деле экстаз. Возможно, вся их жизнь, от колыбели до могилы, так сказать, один сплошной экстаз. Возможно, жизнь животных —

один сплошной экстаз, который прекращается только в ту минуту, когда они осознают отчетливо, что нож нашел их секрет и они никогда больше не увидят прекрасное солнце, которое в это самое мгновение меркнет у них на глазах. Возможно, жизнь Хендрика и Анны Маленькой — это экстаз, если не острый экстаз, то, по крайней мере, мягко струящееся сияние из глаз и с кончиков пальцев, которое я не вижу и которое прерывается только в таких случаях, как в прошлую ночь и сегодня утром. Возможно, экстаз — не такая уж редкость, в конце концов. Возможно, если бы я меньше говорила и больше отдавалась чувствам, то я бы больше знала об экстазе. Но, с другой стороны, возможно, если бы я меньше говорила, то меня охватила бы паника, я бы выпустила из рук тот мир, который знаю лучше всего. Меня поражает, что передо мной стоит выбор, который не приходится делать мухам.

148. Одна за другой падают мухи под моей хлопушкой, некоторые — с выпущенными внутренностями, другие — сложив лапки и опрятно умерев, некоторые сердито крутясь на спине, пока их не добивают последним ударом,

прекращающим мучения. Те, кто остался в живых, кружат по комнате, ожидая, пока я устану. Но мне нужно содержать дом в чистоте, и поэтому я неутомима. Если я покину эту комнату, запру дверь, заткну щели тряпками, то со временем я покину и другую комнату, а потом и другие, пока не пропадет чуть ли не весь дом, его строители будут преданы, крыша прогнется, ставни будут хлопать, деревянные части растрескаются, ткани сгниют, у мышей будет памятный день, и нетронутой останется лишь последняя комната, одна комната и темный коридор, где я слоняюсь день и ночь, простукивая стены, пытаясь ради прежних времен вспомнить разные комнаты: комнату для гостей, столовую, буфетную, в которой терпеливо ждут различные банки, запечатанные воском, ради дня воскрешения, который никогда не придет; а затем удаляюсь, охваченная сонливостью, потому что даже безумные старухи, нечувствительные к жаре и холоду, питающиеся воздухом, пылинками, паутиной и блошиными яйцами, должны спать, — удаляюсь в последнюю комнату, мою собственную комнату, где у стены кровать, а в углу — зеркало и стол, где, опустив подбородок на руки, я предаюсь своим мыслям сумасшедшей старухи, и где я умру сидя и сгнию, и где меня будут обсасывать мухи, день за днем, день за днем, не говоря уже о мышах и муравьях, пока я не превращусь в чистый белый скелет, которому нечего больше дать миру, и меня можно будет оставить в покое — лишь в моих глазницах пауки сплетут ловушки для опоздавших на пир.

149. Должно быть, прошел целый день. Там, где пробел, должен быть день, в который состояние моего отца безнадежно ухудшилось и в который Хендрик и Анна Маленькая помирились, потому что с тех пор у них все было по-прежнему, а если и не по-прежнему, то они изменились, став мудрее и печальнее, так что я не смогла это распознать. Возможно, я проспала весь день. Возможно, перебив всех мух, я взяла влажную губку и охладила лоб отцу, а потом не смогла больше вынести зловоние. Возможно, я вышла в коридор и стояла там, ожидая, когда он позовет, и уснула там, и мне снился дождь, и велд, покрытый цветами, белыми, фиолетовыми и оранжевыми, колышущимися на ветру, пока не проснулась с наступлением ночи и поднялась, чтобы накормить цыплят. Возможно, затем,

с миской под мышкой, я стояла, вслушиваясь в ночной ветерок в листве и наблюдая за летучими мышами в сгущающихся сумерках, и ощущала мимолетную печаль тех, кто проводит свои дни среди невыносимой красоты, зная, что когда-нибудь умрет. Возможно, потом я молилась, уже не в первый раз, чтобы моя кончина была мирной и я бы предвкушала жизнь в виде цветка или мельчайшей частицы в кишке червя, ни о чем не ведающих. Возможно, такой день имел место, и я провела его таким образом, беспомощная перед болью отца, жаждая, чтобы она закончилась, проваливаясь в дрему, бродя по двору в вечерней прохладе, размышляя о том, как все будет, когда мы все исчезнем. Однако существуют и иные варианты того, как я могла провести этот день, и их нельзя игнорировать. Может быть, я пыталась помочь ему встать с постели, и это мне не удалось, поскольку он тяжелый, а я субтильная. Это объяснило бы, каким образом он умер, так ужасно свесившись с кровати, — с багровым лицом, выпученными глазами и высунутым языком. Возможно, я хотела вытащить его из лужи, в которой он лежал. Возможно, я хотела перевести его в другую комнату. Возможно, мне стало так тошно и невыносимо, что я оставила его. Возможно, я обхватила его голову руками и рыдала, повторяя: «Папа, пожалуйста, помоги мне, я не смогу сделать это одна». Возможно, когда стало ясно, что он не может помочь, что у него нет сил, что он поглощен тем, что происходит у него внутри, — возможно, тогда я сказала: «Папа, прости меня, я не хотела этого, я любила тебя — вот почему я это сделала».

150. Но, по правде говоря, я с осторожностью допускаю эти предположения. Я подозреваю, что в тот потерявшийся день меня там не было; а коли так, я никогда не узнаю, чем был заполнен тот день. Потому что я существую все более и более прерывисто. Целые часы, целые дни выпадают. Меня охватывает нетерпение от неторопливого течения времени. Когда-то я довольствовалась тем, что заполняла свои дни размышлениями; но теперь, пройдя через карнавал несчастного случая, я развратилась. Как дочери в пансионах, я сижу, постукивая ногтями о мебель, прислушиваясь к тиканью часов, ожидая, когда произойдет следующее событие. Когда-то я жила во времени, как рыба в воде, дышала им, пила его, и оно меня поддержи-

вало. Теперь я убиваю время, а время убивает меня. Сельская жизнь! Как я тоскую по сельской жизни!

151. Я сижу за кухонным столом, ожидая, когда остынет мой кофе. Хендрик и Анна Маленькая стоят надо мной. Они говорят, что ждут, чтобы им сказали, что делать, но я не могу им помочь. В кухне нечего делать, поскольку нет больше трапез. Хендрик лучше меня знает, что нужно делать на ферме. Он должен беречь овец от шакалов и диких кошек. Он должен уничтожать клещей и личинки мясных мух. Он должен помогать овцам при родах. Он должен заниматься садом и беречь его от вредителей. Поэтому неправда, будто Хендрик и Анна Маленькая ждут указаний: они хотят посмотреть, что я буду делать дальше.

152. Я сижу за кухонным столом, ожидая, когда остынет мой кофе. Надо мной стоят Хендрик и Анна Маленькая.

— Запах становится сильнее, — говорит Хендрик.

— Да, нам придется разжечь костер, — отвечаю я. Я благодарна, что в беде у меня есть надежный помощник. Я встречаюсь взглядом с Хендриком. Цель у нас одна. Я улыбаюсь, и он тоже улыбается, эта внезапная недвусмысленная улыбка приоткрывает испорченные зубы и розовые десны.

153. Хендрик объясняет мне, как можно вынуть из стены оконную раму. Сначала он показывает мне, как отбить штукатурку, и тогда откроются болты, крепящие раму к стене. Он показывает мне, как можно отпилить эти болты ножовкой. Он отпиливает четыре болта, и у наших ног образуется пирамида из опилок и пыли. Он вынимает раму и откладывает ее в сторону. Он объясняет, как выровнять подоконник, прежде чем класть первые кирпичи. Он кладет восемнадцать рядов кирпичей, прокладывая их раствором. Я мою для него мастерок и лоток. Я отмываю известь у него под ногтями уксусом. Всю ночь и весь день мы ждем, чтобы высох раствор. Анна приносит нам кофе. Мы белим новую штукатурку. Мы сжигаем раму. Стекло трескается в пламени. Мы стираем его в порошок каблуками.

154. Мы с Хендриком поднимаемся по лестнице на чердак. В удушливой жаре он показывает мне, как покрыть пол смолой так, чтобы заделать трещины между досками. Я разжигаю огонь под ведром для смолы, а он покрывает пол. Пятясь на четвереньках, мы слезаем с чердака.

155. Хендрик вынимает из двери ручку и показывает мне, как законопатить щели. Он кладет шесть рядов кирпичей, чтобы закрыть дверной проем. Я мешаю известковый раствор, отмываю инструмент, вычищаю ногти. Мы срываем старые обои и оклеиваем коридор обоями, найденными на чердаке. Старая дверная коробка выпирает, но мы не обращаем на это внимания.

156. Хендрик показывает мне, как пилить кирпичи и штукатурку. Мы используем продольную пилу, у которой никогда не тупятся зубцы, — она висит на конюшне. Мы пилим стены, чтобы отделить спальню от дома. Наши руки устают, но мы не останавливаемся. Я научилась плевать на руки, прежде чем взяться за пилу. Наша работа нас сближает. Работа больше

не является прерогативой Хендрика. Я ему ровня, хоть и слабее. Анна Маленькая забирается на стремянку, чтобы подать нам кружки с кофе и куски хлеба с вареньем. Мы заползаем под дом, чтобы пилить фундамент. Наш честный пот льется в теплой темноте. Мы словно два термита. Наша сила — в упорстве. Мы пилим крышу и пол. Мы отталкиваем комнату. Она медленно поднимается в воздух — черный корабль с причудливыми углами, плывущий среди звезд. Он плывет в ночь, в пустое пространство — неуклюже, потому что у него нет киля. Мы стоим, наблюдая за ним, в пыли, среди мышиного помета, на земле, которую никогда не освещало солнце.

157. Мы поднимаем тело и несем его в ванную — Хендрик за плечи, я за ноги. Мы снимаем с него ночную сорочку и разматываем бинты. Мы сажаем тело в ванну и льем на него воду, ведро за ведром. Вода меняет цвет, и на поверхность всплывают экскременты. Руки свешиваются через края ванны, рот широко раскрыт, глаза смотрят неподвижным взглядом. Через полчаса нам удается отмыть испачканное тело. Мы подвязываем челюсть и закрываем глаза.

158. На склоне холма за домом Хендрик складывает груду валежника и поджигает его. Мы бросаем в огонь ночные сорочки, бинты, постельное белье и матрас. Они тлеют до вечера, наполняя воздух запахом горелых перьев и кокосовых волокон.

159. Я сметаю всех дохлых мух и отмываю пол с песком и мылом, пока пятна крови не превращаются в бледно-розовые пятнышки на коричневых половицах.

160. Мы втроем относим большую кровать на конюшню и подвешиваем к балкам цепями — дожидаться дня, когда она может снова понадобиться.

161. С чердака мы приносим пустой сундук и укладываем в него вещи покойного: воскресный костюм, черные сапоги, накрахмаленные рубашки, обручальное кольцо, дагерротипы, дневники, гроссбухи, пачку писем, перевязанную красной ленточкой. Я читаю одно из писем вслух Хендрику: «Как я тоскую по тебе в эти дни...» Хендрик следит за моим пальцем, указывающим на буквы. Он рассматривает семейные

группы и безошибочно узнает меня среди других детей, братьев и сестер и сводных братьев и сестер, которые умерли во время различных эпидемий или уехали в город зарабатывать себе состояние, и больше о них никогда не слышали. На фотографиях я унылая, со сжатыми губами, но Хендрик не обращает на это внимания. Закончив, мы укладываем бумаги и запираем сундук на висячий замок, а потом уносим его на чердак ждать воскрешения.

162. Мы складываем зеленые занавеси в ящик и делаем новые из веселой цветастой ткани, на которую наткнулись на чердаке. Хендрик сидит, наблюдая, как мои ноги нажимают на подножку швейной машины, а проворные пальцы направляют шов. Мы вешаем наши новые занавески, от которых в комнате прохладно, но светло. Мы улыбаемся, созерцая дело наших рук. Анна Маленькая приносит кофе.

163. Хендрик и Анна Маленькая стоят надо мной, ожидая распоряжений. Я верчу кофейную гущу в чашке. День будет трудный, говорю я им, день ожидания. Слова приходят ко мне неохотно, они застревают во рту и вывалива-

ются тяжело, как камни. Хендрик и Анна Маленькая терпеливо ждут. На севере собрались тучи, говорю я им, наверно, будет дождь, возможно, через несколько дней велд покроется свежей зеленью, увядшие кусты дадут побеги, саранча, дремавшая всю зиму, появится из земли в поисках пищи, сопровождаемая птичьими стаями. Мы вообще должны, говорю я им, опасаться возрождения жизни насекомых, которое обычно следует за дождями и цветением велда. Я упоминаю это бедствие — гусениц. Птицы — наши союзники, говорю я им, птицы и осы, потому что осы — тоже хищники. Хендрик слушает меня, держа шляпу в руке, глядя не на мои глаза, а на губы, борющиеся с каждым слогом. Губы устали, объясняю я ему, им хочется отдохнуть, они устали от всей этой артикуляции, которой им пришлось заниматься с тех пор, как они были крошками, с тех пор, как им открыли, что существует закон, что они больше не могут просто раскрываться, чтобы издать громкое «а-а-а-а», которого, по правде говоря, всегда было достаточно для них, — чтобы выразить что угодно или сжаться, храня долгое молчание, в которое я еще удалюсь, обещаю. Я устала подчиняться этому закону, пытаюсь я сказать, печать которого лежит на мне в паузах между словами и при артикуляции, которая устраивает войну между звуками: «б» против «д», «м» против «н» и так далее, — впрочем, я слишком устала, чтобы объяснять тебе все это, ведь ты и алфавит-то нетвердо знаешь, так что вряд ли что-нибудь поймешь. Закон схватил меня за горло, я говорю и не говорю, он захватывает мою гортань, одна его рука — на моем языке, вторая — на моих губах. Как я могу утверждать, говорю я, что это не глаза закона смотрят из моих глаз или что это не разум закона оккупировал мой череп, оставив мне ровно столько интеллекта, чтобы произносить эти сомнительные слова, если только это я их произношу, и понимать их ошибочность? Как могу я утверждать, что закон не стоит во весь рост внутри моей оболочки: его ноги — в моих ногах, его руки — в моих руках, его член свисает из моей дырки; или что, когда я получила шанс все это высказать, губы и зубы закона не начали прогрызать оболочку, чтобы выбраться наружу, — и вот он уже стоит перед тобой, усмехаясь и снова ликуя, его нежная кожица твердеет на воздухе, а я лежу на полу, как сброшенная кожа, измятая, покинутая?

164. Мы стоим в плохо освещенном коридоре перед дверью, которая, насколько я помню, всегда оставалась запертой. «Что ты держишь в этой запертой комнате?» — спрашивала я отца. «Там ничего нет, — обычно отвечал он, — там свален старый хлам и нет ничего, кроме сломанной мебели, к тому же ключ потерян». Сейчас я приказываю Хендрику открыть дверь. Он взламывает замок с помощью долота, потом бьет по двери своим молотком весом в сорок фунтов, пока косяк не раскалывается. Дверь открывается. С пола поднимается облако пыли. Пахнет холодными, усталыми кирпичами. Анна Маленькая приносит лампу. В дальнем углу мы видим двенадцать плетеных кресел из камыша, которые аккуратно составлены. Мы видим платяной шкаф, узкую кровать, умывальник с тазом и кувшином. Постель аккуратно застелена. Я хлопаю по ней, и пыль поднимается с серых подушек, с серых простыней. Всюду паутина. Они сделали комнату без окна, говорю я Хендрику.

165. Шкаф заперт. Хендрик открывает замок своим ножом. В шкафу полно одежды — печальной благородной одежды былых времен,

которую мне так хотелось бы носить. Я вынимаю платье — белое, с широкими рукавами и высоким воротником, и прикладываю к Анне Маленькой. Она ставит лампу на пол и разглаживает платье на своем теле. Я помогаю ей раздеться. Я принимаю у нее прежнюю одежду и складываю на кровать. Она опускает глаза. Свет мерцает на ее бронзовых боках и грудях, для которых я не нахожу слов. Мое сердце учащенно бьется, когда я надеваю на нее платье через голову и застегиваю пуговицы на спине. Она не носит нижнее белье.

166. Хотя туфли ей узки, Анна Маленькая настаивает. Я надеваю их на нее, не застегивая пряжки. Она неуверенно поднимается и начинает ковылять, как ребенок. Она выводит нас из комнаты сюрпризов на веранду. Солнце садится, небо охвачено буйством красок — оранжевых, красных и фиолетовых. Анна гордо расхаживает взад и вперед по веранде, привыкая к туфлям. Если бы только мы могли есть наши закаты, говорю я, мы все были бы сыты. Я стою бок о бок с Хендриком, наблюдая. Хендрик утратил свою обычную чопорность. Его рука задевает мой бок. Я не морщусь. Почему бы

мне не прошептать ему что-нибудь — что-нибудь доброе, ласковое и забавное об Анне, почему бы не повернуться к нему, а ему — не наклониться ко мне, и я на короткое мгновение окажусь в «воздушной яме», которая является его личным пространством, пространством, которое, когда он стоит спокойно, как сейчас, наполнено его дыханием и его собственными запахами, и я вдыхаю — раз, два — столько, сколько времени говорю то, что намеревалась сказать, собственный воздух Хендрика, и впервые вдыхаю его с удовольствием, и запах мускуса, пота и дыма впервые не отталкивает меня. В конце концов, именно так пахнут люди в сельской местности, которые честно трудятся, потея под горячим солнцем, стряпая пищу, которую вырастили или убили, на огне, который разожгли собственными руками. Возможно, говорю я себе, я тоже буду так пахнуть, если изменю образ жизни. Я краснею из-за своего слабого запаха одинокой женщины, острого от истерии, этого терпкого запаха, как у лука или мочи. Разве он сможет когда-нибудь захотеть сунуть нос мне под мышку, как я — ему!

167. Анна Маленькая поворачивается, закончив свой променад, и улыбается нам. Я не вижу и следа ревности. Она знает, как крепко приковала к себе Хендрика. Они спят вместе, как муж и жена. У них свои супружеские секреты. В теплой темноте они лежат в объятиях друг у друга и беседуют обо мне. Хендрик говорит забавные вещи, и Анна хихикает. Он рассказывает ей о моей одинокой жизни, моих прогулках в одиночестве, о вещах, которые я делаю, когда думаю, что никто на меня не смотрит, о том, как я разговариваю сама с собой, о том, как у меня дергаются руки. Он пародирует мое сердитое бормотание. Потом он рассказывает ей о моем страхе перед ним, о резких словах, которые я говорю, чтобы удерживать его на расстоянии, о запахе страха, исходящем от меня, который он чувствует. Он рассказывает ей, что я делаю одна в постели. Он рассказывает ей, как я брожу по дому ночью. Он рассказывает ей, что мне снится. Он рассказывает ей, что мне нужно. Он рассказывает ей, что мне нужен мужчина, что мной нужно овладеть, превратить в женщину. Я — ребенок, говорит он ей, я старый ребенок, старый ребенок с затхлыми соками. Кто-то должен сделать меня женщи-

ной, говорит он ей, кто-то должен сделать во мне дырку, чтобы выпустить старые соки. Должен ли я быть тем, кто это сделает, спрашивает он ее, — влезть в окно однажды ночью, и лечь с ней, и сделать ее женщиной, и выскользнуть до рассвета? Ты думаешь, она меня впустит? Притворится ли она, что это сон, и позволит, чтобы это случилось, или придется ее принудить? Смогу ли я проникнуть между этими тощими коленями? Потеряет ли она голову и закричит? Придется ли мне закрыть ей рот? Будет ли она тугой, сухой и неподдающейся до конца, как кожа? Проникну ли я в эту пыльную дырку лишь для того, чтобы из меня сделали желе тиски из костей? Или, может быть, она окажется мягкой, такой мягкой, как женщина, мягкой, как ты вот здесь? И Анна, тяжело дыша в темноте, прижимается к своему мужчине.

168. Анна Маленькая поворачивается, закончив свой променад, и улыбается нам. Она оживленная, она знает, чего я жажду, и не имеет ничего против. Мне хотелось бы разгуливать с ней под ручку в воскресенье вечером, разодевшись в пух и прах, шепчась и хихикая, как

девчонка, щеголяя перед деревенскими ухажерами. Мне хотелось бы услышать от нее в тихом уголке о великих секретах жизни: как быть красивой, как заполучить мужа, как доставить удовольствие мужчине. Мне хотелось бы быть ей маленькой сестричкой, я поздно начинаю жить, я провела все эти годы как во сне, я еще всего-навсего несмышленый ребенок. Мне хотелось бы спать с ней вместе, а когда она на цыпочках войдет в полночь, одним глазком подглядывать, как она раздевается, и проспать всю ночь, притулившись к ее спине.

169. — Я не могу спать одна сегодня ночью, — говорю я им. — Вы должны прийти вдвоем и спать сегодня ночью в доме.

Эти слова вырвались сами, без предварительной подготовки. Я ощущаю радость. Должно быть, так говорят другие люди — слова идут от сердца.

— Ну же, тут нечего бояться, уверяю вас, привидений нет.

Они обмениваются взглядами, взвешивая мои мотивы, посылая в сумраке друг другу сигналы, которые я не могу разобрать. Хендрик отступает от меня, я уже не в теплой «воздушной яме». Почувствовал ли он, что теряет почву под ногами?

— Нет, мисс, — бормочет он, — я думаю, сейчас нам лучше пойти домой.

Я становлюсь сильнее, в то время как он слабеет.

— Нет, я хочу, чтобы вы спали здесь, всего одну ночь. Иначе я буду совсем одна в доме. Мы можем постелить постель на циновке в кухне, там будет очень удобно. Давай, Анна, иди и помоги.

170. Хендрик и Анна стоят возле своей постели, выжидая, пока я уйду.

— Не забудьте погасить лампу, прежде чем уснете, — говорю я, — и пожалуйста, Анна, позаботься о том, чтобы завтра утром разжечь огонь. Спокойной ночи, Хендрик, спокойной ночи, Анна. — Я необычайно оживлена.

— Спокойной ночи, мисс.

171. Дав им время, чтобы улечься, я возвращаюсь и подслушиваю за закрытой дверью. Я босиком: если подкрадутся скорпионы и пожелают меня, то как им угодно. Я совсем ничего не слышу — ни шороха, ни шепота. Если я затаила

дыхание, то и они затаили дыхание. Как я могу надеяться обмануть их, этих сельских жителей, которые чуют стук копыт за милю своими ступнями и кончиками пальцев?

172. Я лежу в своей постели и жду. Часы тикают, проходит время, никто не появляется. Я засыпаю без снов. Солнце встает. Я просыпаюсь и одеваюсь. В кухне никого, постельное белье сложено, огонь разожжен.

173. Я иду по пыльной дороге к кладбищу. Половина кладбища, обнесенного низкой оградой, выкрашенной белой краской, предназначена для династий, которые владели этой землей, — теперь они похоронены под надгробиями с надписями. Другая половина более плотно забита могильными холмиками их пастухов и служанок и их детей. Я прохожу между камнями, направляясь к той могиле, которую наметила, — это могила человека, о котором я ничего не знаю, перед которым у меня нет благочестивого долга. Возле пострадавшей от времени и непогоды гранитной плиты — вход в туннель, уходящий под углом в землю. В этой могиле дикобраз — возможно, тоже умерший

много поколений тому назад, — вырыл для себя дом, где спал и растил свое потомство.

174. Хендрик сидит вместе со своей юной сеженой на скамье в тени своего коттеджа. Сегодня воскресенье.

— Хендрик, возьми заступ и лопату и пойдем со мной на кладбище, пожалуйста. Анна, тебе лучше оставаться здесь.

175. Хендрику не сдвинуть могильный камень в одиночку. Это работа для четырех мужчин, говорит он. Он роет землю вокруг трех углов, но камень плотно сидит в земле.

— Откопай всю эту сторону. Сделай дыру шире — во всю длину этого камня.

— Мисс, это нора дикобраза, в ней ничего нет.

— Делай, как я тебе говорю, Хендрик.

Хендрик трудится, а я кружу возле него. Могила заполнена обломками камня и землей, копать легко — вот почему дикобраз устроил свое жилье здесь, вблизи от полей люцерны.

Когда Хендрик расширяет вход в туннель, мы видим, как я и ожидала, нору, круглую, довольно большую. Я ложусь на живот, прикрыв глаза рукой, солнце слепит мне глаза, и я не вижу заднюю стену норы.

— Насколько глубока эта дыра, Хендрик? Нащупай лопатой. Я не хочу потревожить гроб.

— Нет, мисс, она большая, но не глубокая, дикобразы не роют глубоко, они делают нору в точности такую, как эта.

— А как насчет человека, Хендрик, — эта дыра достаточно большая, чтобы там поместился человек?

— Да, мисс, она большая, человек туда легко войдет.

— На всякий случай покажи мне, как туда входит человек.

— Я? Нет, мисс, мне еще не пора лезть в могилу! — Он смеется, но не сдвигается с места, только заламывает шляпу на затылок.

176. Завязав юбку вокруг коленей, я спускаю ноги в дыру. Я пролезаю в темноту задом наперед. Хендрик наблюдает, опершись на лопату.

Я вся внутри. Пытаюсь выпрямиться, но не могу вытянуть ноги.

Я сворачиваюсь на холодной земле, отвернувшись от света. В волосах у меня полно грязи. Я закрываю глаза, чтобы посмаковать темноту. Заглянув в свое сердце, я не нахожу никаких причин, чтобы уйти отсюда. Я могла бы устроить себе здесь второй дом. Хендрик мог бы приносить мне еду. Мне нужно очень мало. По ночам я бы выползала, чтобы размять ноги. Возможно, со временем я бы даже научилась выть на луну, крадучись бродить вокруг дома на ферме, отыскивая объедки. Я не нахожу ни одной причины, по которой мне стоило бы открыть глаза.

— Да, — говорю я Хендрику. Голос у меня осип, слова отдаются в голове. — Она достаточно большая. Помоги мне вылезти. — Он наклоняется, глядя на рот своей хозяйки, шевелящийся в тени норы, произнося слова.

177. Тело лежит на полу ванной наготове, зашитое в серый брезент. Я слышала, что моряки делают последний стежок, прихватывая для верности нос, но я не могу заставить себя это сделать. Я не плакала, подготавливая тело к погребению. Дело не в том, что я бессердечная. Кто-то же должен омыть тело, кто-то должен вырыть могилу.

178. Я выхожу на веранду и зову громким и уверенным голосом:

— Хендрик!

Хендрик появляется из тени и проходит по двору.

— Хендрик, возьми, пожалуйста, тачку и поставь ее у дверей кухни.

— Да, мисс.

Когда он подходит к черному ходу, я жду его там.

— Иди и помоги мне нести тело.

Он смотрит на меня с сомнением. Именно в этот момент он заартачился. Я к этому готова.

— Хендрик, я хочу поговорить откровенно. Мы не можем больше ждать. Сейчас жарко, хозяина нужно похоронить. Сделать это можем только мы с тобой. Я не могу сделать это одна, и я не хочу привлекать к этому делу чужих. Это семейное дело, нечто личное. Ты понимаешь, что я говорю?

— А как насчет священника? — Он бормочет себе под нос — он не уверен, с ним не будет хлопот.

— Ну же, Хендрик, мы не можем терять время. Помоги мне донести его.

Я поворачиваюсь, он следует за мной.

179. Мы поднимаем сверток — он за голову, я за ноги, и несем его через дом на солнечный свет. Нас никто не видит. Никогда не было никого, кто мог бы увидеть, что здесь происходит. Мы за пределами закона, поэтому живем только по тому закону, который признаем сами, ориентируясь на свой внутренний голос. Мой отец полулежит в тачке, в последний раз объезжая свои владения. Мы с трудом толкаем тачку по дороге на кладбище — Хендрик подталкивает сзади, я придерживаю ноги в мешке, чтобы они не соскользнули.

180. Хендрик не хочет иметь ничего общего с погребением.

— Нет, мисс, — повторяет он снова и снова, пятясь и тряся головой.

Я толкаю и тяну, пока тачка не оказывается прямо у входа в туннель. Если бы у меня было достаточно времени, я смогла бы сделать то, что под силу мужчине. Зажав лодыжки под мышкой, я пытаюсь приподнять тело. Тачка накреняется, я отпрыгиваю назад, и тело соскальзывает на землю лицом вниз.

— Не стой вот так, помоги мне! — ору я. — Ты проклятый пьяница, это все твоя вина, твоя и твоей шлюхи! — Я вне себя от ярости.

Он поворачивается, нахлобучивает шляпу на голову и начинает удаляться.

— Дерьмо! Трус! — пронзительно кричу я ему в спину. По-женски неумело швыряю в него камень. Камень не долетает. Он не обращает никакого внимания.

181. Бедра слишком широки для дыры, тело не пролезает на боку, а согнутые колени невозможно выпрямить под брезентом. Мне нужно либо расширить дыру, либо распороть брезент. Терпеть не могу уничтожать хорошее рукоделие. У меня нет с собой ни ножа, ни лопаты. Я рою землю камнем, но это не дает почти никаких результатов. Мне следовало завязать брезентовый мешок веревкой, тогда бы я смогла за него ухватиться, мои пальцы устали сжимать и тянуть.

182. Когда я возвращаюсь с лопатой, мухи уже здесь, они тучей поднимаются с серого мешка и жужжат в воздухе, с нетерпением поджидая, когда я уйду. Я машу руками. Скоро вечер. Как летит время, когда занят! Лопата не такая, как мне нужно: она предназначена, чтобы перекидывать землю, а мне надо, чтобы она вгрызалась в землю. Я рою краем лезвия, вре-

мя от времени высекая искры из надгробного камня и обдавая себя грязью. Наконец мне удается расширить нору на один-два дюйма.

Тело снова входит до бедер и застревает. Я встаю на колени и изо всех сил толкаю его. Я сажусь возле него и упираюсь в него обоими каблуками. Оно слегка поворачивается, и бедра проходят. Я принимаюсь за туловище, вращая его. Теперь плечи и голова пролезут, но ступни и колени не проходят, так как пол норы неровный: он то отлого опускается, то поднимается. Дело не в коленях, я вижу, а в позвоночнике, который не гнется. Я все мучаюсь и мучаюсь в малиновом великолепии заходящего солнца, подталкивая плечи то справа, то слева, но ничего не получается. Придется его снова вытащить, распороть брезент и привязать лодыжки к бедрам, чтобы оно стало короче. Но будут ли сгибаться колени? Это погребение — ошибка. Мне следовало сжечь тело вместе с матрасом и кроватью и уйти на долгую прогулку в велд, чтобы избежать смрада. Мне нужно было выкопать могилу в русле реки или в саду, где мягкая почва. Мне следовало разрыть один из более скромных могильных холмиков — какая разница, где он будет лежать? Если я хочу похоронить его в этой могиле, то единственный способ сделать это — вытащить его, заползти туда самой и втащить его за собой. А я так вымоталась! Не представляю себе, как мне успеть закончить до полуночи. Всю мою жизнь у меня было достаточно времени, более чем достаточно времени, слишком много времени, я жадно ловила дыхание жизни в скудной среде нашего времени. Спешка чужда мне, меня отталкивает запах паники, который я улавливаю в своем поте. Я не бог и не зверь, почему же я должна все делать сама, вплоть до самых последних вещей, почему я прожила всю эту жизнь без всякой помощи? Я не в состоянии раскрывать этот погребальный саван и снова смотреть на темнеющую плоть, породившую меня. Но если я не похороню его сейчас, то сожгу ли я его когда-нибудь? Может быть, мне следует просто пойти домой, лечь в постель и ждать там изо дня в день, с подушкой на голове, напевая себе под нос, в то время как мешок будет лежать на солнце, мухи будут жужжать, роясь над ним, муравьи — заползать в него и выползать, пока тело не раздуется, не лопнет и не растечется черными струйками; и тогда ждать, пока от него не останутся только кости и волосы, поскольку муравьи заберут все стоящее и исчезнут куда-то; и тогда, если выдержат швы, наконец-то вылезти из кровати, подобрать его и зашвырнуть в нору дикобраза, освободившись от него.

183. Мешок, снова извлеченный из норы, лежит возле надгробного камня, как большая серая личинка, а я, ее неутомимая мать, движимая инстинктом, снова принимаюсь засовывать ее в безопасное место, которое выбрала, хотя и не знаю, какой будет спячка, чем она будет питаться, какие метаморфозы с ней произойдут — разве что это будет большой серый мотылек, шумно летящий в сумерках к дому на ферме, окна которого освещены, пробирающийся среди летучих мышей, рассекающий воздух крыльями, и на спине у него будет ярко гореть череп, и его челюсти — если только у мотыльков есть челюсти — будут широко открыты в предвкушении добычи. Я просовываю его в дыру головой вперед, но снова, поскольку позвоночник не гнется, бедра не проходят. Охотничьи псы логики настигают меня.

184. Сумерки сгущаются, птицы устраиваются на ночлег. Если я постою тихо с минуту, то услышу звон ведра Хендрика, с которым он идет доить корову. Корова встречает его мычанием. Его жена ждет у очага. Во всем этом широком мире лишь двум существам негде преклонить голову.

185. Я залезаю в темную дыру. Взошли первые звезды. Я вцепляюсь в нижнюю часть мешка. Собираюсь с силами и тащу. Тело входит легко, до бедра. Приподняв ноги с земли, я пробую еще разок. Оно входит до плеч. Вход в туннель закрыт, я в кромешной тьме. Я поднимаю ноги, кладу себе на колено, обхватываю мешок в том месте, где плечи, и тяну в третий раз. Голова проходит, снова появляются звезды, все закончено. Я ползу по телу и выбираюсь на свежий воздух. Как жаль, что я узнала название одного лишь Южного Креста. Я должна отдохнуть, сегодня вечером я не смогу зарыть дыру, придется Хендрику сделать это утром. Ему нужно будет натаскать на тачке песок из русла реки, ничего полегче не придумать, и забить вход в нору камнями, а потом придать могиле пристойный вид. Я выполнила свою

часть работы. Дрожа от безумной усталости, я отправляюсь домой.

186. И сразу же — утро. По-видимому, в моей власти перескакивать через целые дни или ночи, словно их и не было. В пустой кухне я потягиваюсь и зеваю.

В дверях появляется Хендрик. Мы церемонно приветствуем друг друга.

— Мисс, я пришел спросить — нам еще не заплатили.

— Еще не заплатили?

— Да, мисс, еще не заплатили. — Он одаряет меня сияющей улыбкой, словно внезапно обнаружил источник радости. Чему он радуется? Думает, что я отвечу столь же дружелюбно? — Видите ли, мисс, дело вот в чем. — Он приближается, он собирается объяснять, он не видит, как я отодвигаюсь от него. — В пятницу было первое число месяца. Значит, в понедельник нам полагается получить наши деньги, всем людям на ферме. Но хозяин не заплатил нам. Так что мы все еще ждем, мисс.

— Разве хозяин совсем ничего вам не дал?

— Нет, мисс, ничего, он не дал нам никаких денег.

7 Зак. № 354

— Да, я знаю, но мы говорим не только о деньгах. Как насчет бренди, которое хозяин тебе дал? А как насчет Анны Маленькой? Как насчет всех подарков, которые он ей дал? Они стоят денег, не так ли? Хозяин давал вам разные вещи, а ты еще приходишь и просишь денег. О, нет — для таких людей, как вы, у меня нет денег.

Неприятности, всегда неприятности! Что я знаю о деньгах? За всю мою жизнь я не держала в руках монету крупнее шестипенсовика. Где же мне раздобыть деньги? Где их хранил мой отец? В дырке в матрасе, промокшем от крови и сожженном, от которого остался лишь пепел? В жестянке из-под табака под полом? Под замком на почте? Как же мне до них добраться? Сделал ли он завещание? Оставил ли он их мне или братьям и сестрам и родственникам, о которых я никогда не слышала? Как же мне выяснить? Но нужны ли мне деньги? Зачем мне деньги, если я могу питаться одной вареной тыквой и быть счастлива? А если я слишком проста, чтобы нуждаться в деньгах, зачем они Хендрику? Почему ему всегда нужно меня разочаровывать?

— Мы делали свою работу, мисс. — Улыбка совсем исчезла, он смотрит на меня сурово, разозлившись. — Теперь мы должна получить наши деньги. Хозяин всегда нам платил. Всегда.

— Нечего тут стоять, пререкаясь со мной! — У меня есть свои собственные резоны злиться. — Какую работу вы двое выполнили на самом деле? Какую работу выполнила эта твоя Анна? Какую работу выполнил ты вчера днем, когда мне пришлось совсем одной хоронить хозяина? Не говори мне о работе — я здесь единственная, кто работает! Уходи, у меня нет для тебя денег!

— Хорошо. Если мисс говорит, что мы должны уйти, думаю, мы должны уйти!

Он действительно угрожает мне средь бела дня. Наверное, он пришел со своей улыбочкой, чтобы проверить меня, посмотреть, что из меня можно выжать, полагая, что раз я одна и такая смешная, то я, должно быть, слаба и напугана. А теперь он мне угрожает, думая, что я затрепещу.

— Слушай внимательно, Хендрик, и не пойми меня превратно. Я не даю тебе деньги, потому что у меня нет денег. Если ты хочешь уйти — уходи. Но если ты подождешь, я обещаю, что ты получишь свои деньги, каждое пенни, которое заработал. А теперь решай.

— Нет, мисс, я понимаю. Если мисс говорит, что мы должны подождать, значит, мы должны подождать, если мисс обещает нам наши деньги. Тогда мы будем продолжать работать и заберем свою овцу на убой.

— Да, возьми свою овцу. Но не убивай никаких животных для моего дома, пока я не скажу.

— Да, мисс.

187. Полы сияют, как не сияли тогда, когда ими занимались слуги. Дверные ручки блестят, окна сверкают, мебель светится. Каждый луч света, проникающий в дом, отражается в сверкающей поверхности, переходя с одной поверхности на другую до бесконечности. Все постельное белье выстирано моими руками, высушено, выглажено, сложено и помещено в шкаф. Мои колени онемели, руки стерты, спина болит, голова кружится, когда я встаю. Запах воска и льняного масла висит в воздухе. Вековая пыль — пыль на верхушке шкафов, на пружинах кровати — выметена за дверь. На чердаке идеальный порядок. Сундуки выстроены рядами, туго наби-

ты вещами, которые мне больше не нужны, их замки сверкают. Мой дом приведен в порядок вплоть до последней булавки, и я сделала это сама. Следующая на очереди — ферма. На днях нужно постричь овец. Если Хендрик откажется это делать, я займусь этим сама, энергии у меня хоть отбавляй. Я надену свою шляпу от солнца и выйду со своими швейными ножницами, буду ловить овец за задние ноги и, зажав их между коленями, стричь одну за другой, день за днем, пока всё не сделаю, — пусть шерсть разлетится по ветру, зачем она мне? А может быть, я сохраню часть шерсти, чтобы набивать ею матрас, так что я смогу лежать на нем ночью, на всем этом маслянистом тепле. А если мне не удастся поймать овец? Это возможно (у меня нет овчарки, собаки рычат и съеживаются, когда я их зову, они меня не любят, это из-за запаха), тогда ничего не поделаешь, овцы должны погибнуть, они будут лежать, тяжело дыша, в велде, как грязные коричневые пуховки для пудры, пока Создатель не сжалится и не приберет их. Что касается ветряных мельниц, то они будут продолжать работать день и ночь, они преданные, они не думают, им нипочем жара. Запруды переполнены водой. Хендрик все еще орошает земли, я вижу его по вечерам. Когда он перестанет — потому что ему надоест или с досады, — я продолжу. Мне нужны фруктовые деревья и огород с овощами. Что до остального, то рожь может гибнуть, люцерна может гибнуть. Корова тоже может умирать.

188. Между мною и ими лежит высохшая река. Они больше не приходят в дом — у них нет повода. Я им не заплатила. Хендрик все еще доит слабеющую корову и орошает земли. Анна остается дома. Иногда, с веранды или из окна, я вижу ее красный платок, мелькающий в русле реки. По пятницам вечером Хендрик приходит за своими кофе, сахаром и бобами, беря их из кладовой. Я наблюдаю, как он пересекает двор, идя к дому и обратно.

189. Домашние птицы одичали, они ночуют на деревьях. Одну за другой их убили дикие кошки. Выводок цыплят потерялся прошлой ночью. Корм кончается. Я так и не нашла денег. Если они на почте, тогда они для меня потеряны. Но, возможно, они сгорели. А может быть, никогда и не было никаких денег. Может быть, денег не будет, если я не постригу овец и не продам шерсть. В этом случае денег не будет.

190. Так жить нельзя.

191. Не в состоянии спать, я брожу по дому во время сиесты. Я щупаю странную одежду в запертой комнате. Я смотрю на себя в зеркале и пытаюсь улыбнуться. Лицо в зеркале улыбается измученной улыбкой. Ничего не изменилось. Я все еще не нравлюсь себе. Анна может носить эту одежду, а я не могу. Из-за того, что я так долго носила черное, я превратилась в черную особу.

192. Хендрик убивает по овце в неделю. Это его способ взыскать долг.

193. Я встаю утром и ищу, что бы вымыть. Но вещи не так-то быстро пачкаются. Их слишком мало используют, мне нужно дождаться пыли, а пыль падает, когда ей заблагорассудится. Я хандрю; дом сияет.

194. Хендрик стоит у парадной двери, за спиной — его жена.

— Мисс, кофе закончился, мука закончилась, почти все закончилось.

— Да, я знаю.

— И мисс все еще должна нам.

— У меня нет денег. Вы в любом случае не работаете, так почему же я должна давать вам деньги?

— Да, но мисс нам должна, разве это не так?

— Нет смысла без конца спрашивать, Хендрик. Я же говорю тебе, что у меня нет денег.

— Да, но тогда мисс должна дать нам что-нибудь еще.

195. Я не в силах продолжать эти идиотские диалоги. Язык, на котором я должна говорить с этими людьми, безнадежно загублен моим отцом. То, что происходит между нами, превратилось теперь в пародию. Я была рождена, когда существовал язык иерархии, дистанции и перспективы. Это был язык моего отца. Не скажу, чтобы мне хотелось говорить на этом языке, у меня вызывает печаль его дистанция, но это все, что у нас есть. Я могу поверить в существование языка, на котором говорят влюбленные, но не могу его себе представить. У меня не осталось слов для обмена, в значимость которых я могла бы верить. Хендрик наклоняет голову и тайком усмехается каждый раз, как предлагает мне старые обороты речи. «Мисс, мисс, мисс!» —

говорит он мне в лицо; «Я знаю тебя, ты дочь своего отца», — говорит он, прикрыв рот рукой; «Ты единоутробная сестра моей жены, там, где лежал твой отец, я лежу тоже, я знаю этого мужчину, его следы остались в моей постели». «Ты, ты, ты», — поет Анна Маленькая у него за спиной, когда мне ее не видно.

196. Хендрик появляется наверху, надо мной, на лестничной площадке у двери чердака, в одежде моего отца. Это нелепо! Он принимает позу: упирает руки в бедра и выпячивает грудь.

— Ну и ну! — кричит ему Анна Маленькая снизу.

— Немедленно сними эту одежду! — Я не могу этого допустить, он слишком далеко заходит. — Я сказала, что ты можешь взять кое-что из старой одежды хозяина, но эта одежда не для тебя!

Он бросает плотоядный взгляд на жену, игнорируя меня.

— Хендрик! — ору я.

— Эй! — говорит Хендрик. Протягивая руки и делая на площадке пируэт.

— Ну и ну! — отвечает ему жена, заливаясь восторженным смехом.

Он взял белую хлопчатобумажную рубашку без воротника, лучший атласный жилет, брюки из твида и даже хорошие черные сапоги. Еще несколько рубашек перекинуты через перила.

Что я могу сделать с этой парой? Я так одинока, и я женщина! Я карабкаюсь вверх по деревянной лестнице. Это моя судьба, и я должна с этим покончить.

Смех замирает. Мои глаза оказываются на уровне его сапог.

— Мисс! — Слышу ли я наконец ненависть в его голосе? — Мисс, давайте же, скажите старому Хендрику: мисс хочет, чтобы он снял одежду хозяина?

— Я сказала, что ты можешь взять старую одежду, Хендрик, но эта одежда не для тебя. — Сколько же еще этих дурацких слов должна я произнести, когда мне хочется завыть и застонать?

— Мисс хочет, чтобы я снял эту одежду?

Я загнана в ловушку. Мне хочется заплакать. Сколько же еще мне нужно вынести, прежде чем они оставят меня в покое?

Хендрик начинает расстегивать брюки. Я закрываю глаза и опускаю голову. Мне нужно быть осторожной, если я попытаюсь спуститься по лестнице задом наперед, то определенно оступлюсь и упаду.

— Эй, смотрите! Смотрите, наша мисс, смотрите! — В голосе его определенно звучит ненависть. Горячие слезы текут по моим щекам, хотя глаза закрыты. Вот мое наказание, оно пришло, и я сейчас должна его вынести. — Ну же, не бойтесь, наша мисс, это всего лишь мужчина!

И так мы долго стоим, замерев, как на картине.

— Перестань, ты делаешь ей больно, — Анна Маленькая тихо подает голос снизу, спасая меня. Я открываю глаза и вижу, что она с любопытством смотрит прямо мне в лицо. Она женщина, и поэтому она милосердна. Является ли это универсальной истиной? Осторожно переставляя ноги, я спускаюсь задом наперед по лестнице и бреду мимо нее в дом. Они делают из меня врага, но почему? Просто потому, что у меня нет для них денег?

197. Они слоняются по двору в нарядах моих родителей, и им не перед кем покрасоваться.

Эти дни в праздности сказываются на них так же, как на мне. Мы разлагаемся. Наскучив друг другу, они обращаются ко мне в поисках развлечения. Я беру ружье там же, где и прежде, — там, где вешалка. В поле зрения появляется спина Хендрика. Что такое Хендрик в эту минуту — человек, одолеваемый скукой, который жует травинку, или белое пятно на зеленом? Кто может это сказать? Ружье и цель оказываются на одной линии, и я спускаю курок. Меня оглушило, но я уже проходила через это прежде, и в ушах тогда тоже звенело — я не новичок. Анна бежит, как ребенок, размахивая руками и спотыкаясь в тяжелом белом платье. Хендрик пытается ползти за ней следом на четвереньках. Я удаляюсь в свою темную комнату и жду, когда затихнут звуки.

198. С ружьем в руке я появляюсь на пустой веранде. Я поднимаю его и целюсь в белое пятно рубашки. Ствол бешено раскачивается, его некуда упереть. Анна вскрикивает и указывает на меня. Они вскакивают и бегут по двору, как зайцы, к огороду. Ружье не поспевает за ними. Я не плохая, я даже не опасна. Я закрываю глаза и спускаю курок. Я оглушена, у меня зве-

нит в ушах. Хендрик и Анна Маленькая исчезли за деревьями. Я ставлю ружье на место.

199. Разодетые в наряды мертвых людей, они сидят на старой скамье в тени гевеи. Хендрик скрещивает ноги и кладет руки на спинку скамьи. Анна Маленькая приникает к его плечу.

Он видит, что я наблюдаю за ними из окна. Он поднимается и подходит.

— Нет ли у мисс немного табака для меня?

200. Я лежу у себя в постели с подушкой на глазах. Дверь моей комнаты закрыта, но я знаю, что Хендрик в доме, он роется в ящиках. Даже если бы муха чистила свои лапки в этом доме, я бы и то знала.

Дверь открывается. Я поворачиваюсь к стене. Он стоит надо мной.

— Смотрите, мисс, я нашел немного табака.

В последний раз я вдыхаю сладкий запах табака для трубки. Кто же теперь снова принесет его в мой дом?

Он тяжело садится возле меня на кровать. Его запах ударяет мне в ноздри. Он кладет руку мне на бедро, и я вскрикиваю, глядя на пустую стену; тело мое напрягается, ужас ревет из глубины моих легких. Рука убирается, запах исчезает. Но крики продолжают звенеть.

201. Хендрик и Анна Маленькая сидят на старой скамье в тени гевеи. Хендрик скрещивает ноги и попыхивает своей трубкой. Анна кладет голову ему на плечо. Я наблюдаю за ними. Они целы и невредимы.

202. Я машу Хендрику белым конвертом.

— Отвези это письмо на почту. Дай его господину на почте. Он даст тебе деньги. Если ты выедешь завтра утром, ты сможешь вернуться во вторник вечером.

— Да, мисс, — почта.

— Если они спросят, скажи, что я тебя послала. Скажи, что хозяин заболел и не может приехать. Запомни: хозяин болен — больше ничего не говори.

— Да, мисс. Хозяин болен.

— Да. И скажи Анне, что, если ей будет не по себе, она может завтра ночью спать на кухне.

— Да, мисс.

— И положи письмо в надежное место, иначе ты ничего не получишь.

— Да, мисс, я сохраню его.

203. Анна начинает стелить себе постель. Я не ухожу из кухни, а сижу за столом, наблюдая за ней. Ее движения становятся неловкими. Она теряет почву под ногами теперь, когда ее муж в отъезде.

— Тебе нравится спать на кухне, Анна?

— Да, мисс. — Она отворачивает лицо, она шепчет, она не знает, куда деть руки.

— Разве ты не хочешь спать в настоящей постели?

Она озадачена.

— Разве ты не хочешь спать в кровати в комнате для гостей?

— Нет, мисс.

— Как! Ты предпочитаешь спать здесь, на полу?

— Да, мисс, на полу.

Она надолго умолкает. Я наполняю чайник.

— Ложись спать. Я только выпью чашечку чая.

Она ложится под одеяло и отворачивается от света.

— Скажи, Анна, разве ты не раздеваешься? Разве ты не раздеваешься, когда ложишься спать? Ты спишь в платке?

Она сбрасывает платок.

— Скажи мне, ты спишь одетая, когда с тобой твой муж? Я не могу в это поверить. — Я придвигаю стул к постели. — Ты хорошо проводишь время со своим мужем, Анна? Ну же, не стесняйся, нас никто не услышит. Ну, скажи мне, ты хорошо проводишь время? Приятно быть замужем? — Она горестно сопит, оказавшись в ловушке в темном доме с ведьмой. Это не будет диалогом, слава богу, я могу расправить свои крылышки и лететь, куда мне угодно. — Мне бы тоже хотелось мужчину, но это было невозможно. Я никогда никому не нравилась, я никогда не была хорошенькой. — Я наклоняюсь над ней, сидя на жестком кухонном стуле, я куражусь. Она слышит в моем голосе лишь ярость и безутешно рыдает. — Но это не самое худшее. Энергия — это вечный восторг, я могла бы быть совсем другой, я могла бы прожечь себе путь из этой тюрьмы, в моем языке пылает огонь — ты понимаешь? Но все это без толку обратилось внутрь, и то, что кажется тебе яростью, всего лишь потрескивание огня внутри. Я никогда на самом деле на тебя не сердилась, я только хотела поговорить, я никогда не училась беседовать с другим человеком. Мне всегда бросали слово, а я передавала его дальше. Я никогда не знала слов, которыми можно по-настоящему обмениваться, Анна. Слова, которые я тебе даю, ты не можешь отдать обратно. Это слова без цены. Ты понимаешь? Ничего не стоящие. Как у вас было с моим отцом, когда вы разговаривали? Становились вы наконец просто мужчиной и женщиной? Ну же, скажи мне, я хочу знать. Давал ли он тебе хорошие слова? Не плачь, дитя, я же сказала, что не сержусь. — Я ложусь рядом с ней и кладу ее голову себе на руку. Она высовывает длинный язык и слизывает сопли с верхней губы. — Ну все, перестань плакать. Ты должна мне верить, я нисколько не сержусь за то, что вы с хозяином делали вместе. Хорошо, что он нашел немного счастья с тобой, он был ужасно одинок. И я уверена, вам обоим было приятно, не так ли? Я никогда не могла сделать его счастливым, я всегда была всего лишь скучной, послушной дочерью, я наскучила ему. Скажи мне, Анна, если бы вы вдвоем были вместе, если бы он был жив, могли бы мы с тобой быть друзьями? Как ты думаешь? Я думаю, могли бы. Думаю, мы могли бы стать кем-то вроде сестер или кузин. Послушай, не двигайся, я сейчас погашу свет, потом приду и лягу рядом с тобой и останусь, пока ты не заснешь.

Я лежу возле нее в темноте, и меня бьет дрожь.

— Скажи мне, Анна, как ты меня называешь? Как меня зовут?

— Мисс?

— Да. Но для тебя я только мисс? Разве у меня нет своего собственного имени?

— Мисс Магда?

— Да. Или просто Магда. В конце концов, Магда — это имя, которое мне дали при крещении, а не мисс Магда. Разве было бы не странно, если бы священник вот так крестил детей: мисс Магда, господин Йоханнес и так далее?

Я слышу, как лопается пузырек слюны: она улыбается. Я делаю успехи.

— Или Анна Маленькая вместо Анны. Мы все вначале маленькие, не так ли? Я когда-то тоже была Магдой Маленькой. А теперь я просто Магда, а ты просто Анна. Ты можешь сказать «Магда»? Ну же, скажи «Магда» ради меня.

— Нет, мисс, я не могу.

— Магда. Это легко. Ничего, завтра вечером мы снова попробуем, тогда мы увидим, сможешь ли ты сказать «Магда». А теперь мы должны спать. Я немного полежу с тобой, потом пойду к себе в постель. Спокойной ночи, Анна.

— Спокойно ночи, мисс.

Я отыскиваю ее голову и прижимаюсь губами к ее лбу. С минуту она пытается вырваться, потом застывает и терпит. Мы лежим вместе, между нами нет согласия; я жду, когда она заснет, она ждет, когда я уйду.

Я на ощупь иду из кухни в свою спальню. Я делаю все возможное в этом незнакомом мире прикосновений.

204. Я жду Хендрика. День проходит напряженно. Потом я вижу, как кто-то движется по велду, вдали, — это может быть только он; он направляется к дому — вначале крошечное облачко пыли на горизонте, затем темная точка, движение которой заметно на фоне других темных неподвижных точек, и вот уже я вижу мужчину на велосипеде, который едет ко мне сквозь полуденный зной. Я скрещиваю руки на груди.

Сейчас он слез с велосипеда и толкает его по мягкому песку — там, где дорога пересекает реку. Кажется, он везет пакет. Но по мере его приближения пакет все более явно становится его курткой, привязанной к велосипеду сзади.

Он прислоняет велосипед к нижней ступени и идет ко мне. Он держит письмо, сложенное вчетверо.

— Добрый день, Хендрик, ты, конечно, устал. Я приготовила тебе еду.

— Да, мисс.

Он ждет, чтобы я прочла. Я разворачиваю письмо. Это всего лишь отпечатанный бланк с заголовком «Изъятие». На полях карандашом поставлен крестик против строчки «Подпись вкладчика».

— Они тебе ничего не дали?

— Нет, мисс. Мисс сказала, что я получу свои деньги. Где теперь мои деньги? — Он стоит так близко от меня, что я пригвождена к своему стулу.

— Мне жаль, Хендрик, мне действительно жаль. Но я что-нибудь придумаю, не расстраивайся. Я сама поеду на станцию завтра и все улажу. Нам нужно поймать ослов до заката. Понятия не имею, где они пасутся. — Слова, слова — я говорю лишь для того, чтобы удерживать стену его гнева, которая возвышается надо мной.

Я отодвигаю стул и неуверенно поднимаюсь на ноги. Он не отступает ни на дюйм. Когда я поворачиваюсь, то касаюсь залатанной рубашки, блестящей кожи, ощущаю запах солнца и пота. Он следует за мной в дом.

205. Я указываю на блюдо под крышкой на столе.

— Почему бы тебе не поесть здесь, в кухне?

Он снимает крышку и смотрит на холодную колбасу и холодный картофель.

— Я заварю чай. Наверно, ты хочешь пить?

Он резко отталкивает блюдо, оно падает на пол и разбивается, еда разлетается во все стороны.

— Ты!.. — вскрикиваю я. Он смотрит, выжидая, что я буду делать. — Ради бога, что случилось? Почему ты не можешь мне сказать прямо, почему ты так злишься? Подбери еду, наведи порядок, я не позволю устраивать свинарник у меня в доме!

Он опирается на стол, тяжело дыша. Широкая грудь, сильные легкие. Мужчина.

— Мисс солгала! — Я слышу, как слова отдаются в пространстве, разделяющем нас. У меня сердце уходит в пятки, я не хочу, чтобы на меня кричали, это делает меня беспомощной. — Мисс сказала, на почте мне дадут деньги! Я ехал два дня — два дня! И где мои деньги? Как я должен жить? Кладовая пуста. Где мы должны брать пищу? С небес? Когда здесь был хозяин, мы получали нашу еду каждую неделю, наши деньги каждый месяц. Но где же теперь лежит хозяин?

Разве он не видит, что это бесполезно? Что я могу сделать? У меня нет денег, чтобы дать ему.

— Ну что же, ты можешь уйти, — бормочу я, но он не слышит меня, он продолжает декламировать, швыряя тяжелые черные слова, которые я больше не пытаюсь ловить.

Я поворачиваюсь, чтобы уйти. Он наскакивает на меня и хватает за руку.

— Отпусти! — ору я.

Он вцепляется в меня и тащит обратно на кухню.

— Нет, подождите! — шипит он мне в ухо.

Я хватаю первое, что подворачивается под руку, — вилку, и вонзаю в него. Зубцы царапают ему плечо, но, вероятно, даже не прокалывают кожу; однако он издает удивленное восклицание и швыряет меня на пол. Я пытаюсь подняться, и на меня обрушивается град ударов. Я задыхаюсь, я закрываю голову и медленно и неуклюже снова падаю на пол.

— Да, да, да! — приговаривает Хендрик, избивая меня. Я встаю на четвереньки и начинаю ползти к двери. Он дает мне пинка в зад, сильно, два раза — это мужские пинки, они доходят до костей. Я вздрагиваю и плачу от стыда.

— Пожалуйста, пожалуйста! — Я переворачиваюсь на спину и поднимаю колени. Должно быть, так выглядит сука; но что до того, что происходит дальше, то я даже не знаю, как это делается. Он продолжает пинать меня в бедра.

206. Хендрик продолжает декламацию у меня за спиной, швыряя тяжелые черные слова, но я больше не могу слышать, как высказывает свое недовольство человек, которому нанесли ущерб. Я поворачиваюсь и выхожу. Он набрасывается на меня, поймав за руку и резко повернув. Я борюсь с ним. Я хватаю первое, что попадает под руку, — вилку — и вонзаю в него, царапая ему плечо. Вилка даже не проколола кожу, но он делает вдох от удивления и швыряет меня о стенку, наваливаясь на меня всем весом. Вилка падает. Он сильно надавливает на меня низом живота.

— Нет! — говорю я.

— Да! — бурчит он совсем рядом с моим ухом. — Да!.. Да!..

Я плачу, ситуация постыдная, я не знаю, как из нее выбраться, что-то слабеет во мне, что-то умирает. Он наклоняется и начинает возиться с подолом моего платья. Я сопротивляюсь, но его пальцы проникают между моих ног. Я сжимаю их изо всех сил, чтобы пальцы перестали двигаться.

— Нет, пожалуйста, не надо, пожалуйста, не надо, только не это, я прошу тебя, Хендрик, я отдам тебе все что угодно, только, пожалуйста, не надо!

У меня кружится голова, я задыхаюсь, я отталкиваю его лицо, но все безуспешно. Его руки скользят по моему телу, он тянет за резинку моих трусов, царапая меня.

— Нет!.. Нет!.. Нет!.. — Я чуть не теряю сознание от страха, я не вижу тут никакого удовольствия. — О Хендрик, пожалуйста, отпусти меня, я даже не знаю, как надо!

Я начинаю падать, возможно даже падать в обморок, и мне не дают упасть только его руки, обхватившие мои бедра. Потом я лежу на полу, ощущая запах пчелиного воска, пыли. Мне дурно от страха, тело мое ослабело. Если такова моя судьба, то она вызывает у меня отвращение.

Со мной что-то происходит, со мной что-то делают, но все это как бы вдалеке — ужасные надрезы, хирургическая операция под наркозом. Отчетливо слышны звуки: всасывание, тяжелое дыхание, плеск.

— Не здесь, не на полу, пожалуйста, пожалуйста! — Его ухо у моих губ, мне нужно лишь прошептать, чтобы он услышал. Он качает меня взад и вперед, взад и вперед на половицах, моя голова каждый раз ударяется о плинтус. Запахи тоже отчетливые, волосы, пепел.

— Ты делаешь мне больно... пожалуйста... пожалуйста, прекрати...

Значит, вот как люди это делают? Он поднимается и опускается, поднимается и опускается, он стонет мне в ухо, слезы застревают у меня в горле. Пусть это прекратится, пусть это прекратится! Он начинает прерывисто дышать. Долгая судорога проходит по его телу, и он замирает, лежа на мне. Потом он отстраняется. Теперь я знаю наверняка, что он был во мне, — теперь, когда он отодвинулся и я почувствовала, что там болит и мокро. Я прижимаю пальцы к своему паху, в то время как он возле меня застегивает брюки. Из меня что-то выливается — должно быть, эта жидкость с едким запахом — его сперма, она течет у меня по бедрам, на одежду, на пол. Как же я смогу когда-нибудь отмыть все это? Я все рыдаю и рыдаю в отчаянии.

207. Он отшвыривает меня к стене, пригвождая мои запястья, и наваливается на меня всем весом. Вилка падает на пол, он сильно надавливает на меня низом живота.

— Нет! — говорю я.

— Да! — говорит он. — Да!.. Да!..

— Почему ты так меня ненавидишь? — рыдаю я. Я отворачиваю от него лицо, я ничего не могу с этим поделать. — Ты только хочешь делать мне все время больно. Что я тебе сделала? Не моя вина, что все так плохо получилось, это вина твоей жены, это ее вина и вина моего отца. И это также твоя вина! Вы не знаете, когда пора остановиться! Прекрати! Не делай этого, ты причиняешь мне боль! Пожалуйста, прекрати! Почему ты делаешь мне больно? Почему ты причиняешь мне такую сильную боль? Пожалуйста! Пожалуйста, только не так, не на полу! Отпусти меня, Хендрик!

208. Он закрывает дверь спальни и прислоняется к ней.

— Раздевайся! — говорит этот незнакомец.

Он заставляет меня раздеться. Мои пальцы онемели. Я дрожу. Я шепчу что-то сама себе без остановки, но он погружен в себя и не слышит меня.

— Ты только кричишь на меня, никогда не поговоришь со мной, ты меня ненавидишь...

Я поворачиваюсь к нему спиной и неловко снимаю платье и нижнюю юбку. Это моя судьба, это судьба женщины. Я не могу сделать больше, чем уже сделала. Я ложусь на кровать спиной к нему, обхватив и пряча свои несчастные маленькие груди. Я забыла снять туфли! Теперь уже поздно, все будет следовать по порядку, от начала до конца. Я просто должна терпеть, пока, наконец, не останусь одна и не смогу начать вновь открывать, кто я, складывая вместе — благо времени здесь хоть отбавляй — кусочки, которые разбросал этот необычный полдень в моей жизни.

209. Стягивая с меня трусы, он рвет их о пуговицы туфель — мне добавится женской работы по дому.

— Раскройся, — говорит он, это его первые слова, сказанные мне; но я холодна, я качаю головой и сжимаюсь, я ничего ему не дам, меня не удастся убедить, даже слезы не просочатся из-под опущенных век, ему придется раскрывать меня силой, я тверда, как раковина, я не могу ему помочь. Он насильно разводит мои колени, а я вновь сжимаю их, раз за разом, раз за разом.

Он поднимает мои ноги в воздух. Я каменею и вскрикиваю от стыда.

— Не бойся, — говорит он.

Это его слова? Его голос звучит хрипло. Вдруг он просовывает голову между моими бедрами. Я чувствую его курчавые волосы, я извиваюсь, но он проникает все глубже.

— А-а!.. — кричу я, это унижение никогда не кончится.

Внутри у меня мокро, это отвратительно, наверно он плюнул на меня, когда был там. Я рыдаю и не могу остановиться.

Он разводит мне ноги и ложится между ними.

— Это не больно, — говорит он.

Он вошел в меня. Я мечусь из стороны в сторону, но он неумолим, он обнажает мои груди, он наваливается на меня; он прерывисто дышит мне в ухо, проникая все глубже. Когда же это кончится?

— Всем это нравится, — говорит он хрипло.

Это его слова? Что он имеет в виду? И затем:

— Держи крепче!

Что? Кровать скрипит, это односпальная кровать, диван, она не предназначена для этого. Он высасывает дыхание из моих легких, он стонет и шипит мне в ухо, его зубы скрежещут, как камни. «Всем это нравится»? «Всем это нравится»? Неужели это может так действовать на людей? Но что же в этом такого? Дрожь пробегает по нему с головы до ног, я отчетливо это ощущаю, более отчетливо, чем все, что было до того, — наверное, это кульминационный пункт акта, это я знаю, это я видела у животных, это всюду одинаково, это означает конец.

210. Он лежит возле меня на спине, он спит, похрапывая. Моя рука прикрывает его член, ее там удерживает его рука; но нервы у меня притупились, я не чувствую любопытства, я ощущаю лишь влагу и мягкость. Не побеспокоив его, я натягиваю на себя зеленое покрывало. Я теперь женщина? Сделало ли это меня женщиной? Так много крошечных эпизодов, движений,

одно за другим, мускулы тянут за собой кости то в одну сторону, то в другую, и вот развязка, и я могу сказать: «Я наконец женщина» — или: «Наконец я женщина?». Пальцы сжимают вилку, мелькают зубцы, прокалывая залатанную рубаху, царапая кожу. Течет кровь. Две руки сцепились, вилка падает. Тело лежит на другом теле, все проталкиваясь и проталкиваясь, пытаясь проникнуть внутрь, и все вокруг находится в движении. Но что нужно этому телу внутри меня? Что пытается этот мужчина во мне найти? Повторит ли он попытку, когда проснется? Какое еще более глубокое вторжение и обладание планирует он во сне? Чтобы однажды вся его ширококостная фигура оказалась внутри меня, его череп — внутри моего черепа, его руки и ноги — внутри моих, остальное набилось мне в живот? Что он оставит мне от меня?

211. День кончается, пока я лежу возле этого мужчины, и из меня сочатся слезы и кровь. Если бы я сейчас встала и пошла — ведь я все еще могу ходить, я все еще могу говорить, — если бы я вышла на веранду, с растрепанными волосами, обвисшими ягодицами, измазанными бедрами, если бы я вышла на свет — я, чер-

ный цветок, который растет в углу, — ослепленная, ошеломленная, то, уверена, несмотря ни на что этот полдень ничем не отличался бы от любого другого: цикады не умолкли бы, волны зноя так же трепетали бы на горизонте, солнце с таким же безразличием палило бы мою кожу. Теперь я прошла через всё, и ангел с пылающим мечом не спустился, чтобы воспрепятствовать этому. По-видимому, в этой части небес нет ангелов, в этой части мира нет Бога. Она принадлежит только солнцу. Не думаю, что этот край предназначался для того, чтобы тут жили люди. Это страна, созданная для насекомых, которые едят песок и откладывают яйца в трупах друг у друга, у которых нет голосов, так что они не могут кричать, когда умирают. Мне ничего не стоит пойти на кухню, взять нож и отрезать у этого мужчины ту деталь, с помощью которой он меня оскорбляет. Чем все это закончится? Что от меня теперь осталось? Когда я смогу сказать: «Довольно»? Я жажду конца. Я жажду покоиться в чьих-то объятиях, чтобы меня утешали и ласкали, чтобы сказали, что я могу остановиться. Я хочу пещеру, нору, в которую я могла бы забиться, я хочу заткнуть уши, чтобы не слышать эту болтовню, которая бесконечно струится из меня и в меня, я хочу дом где-нибудь в другом месте, и если в том же теле, то по-иному, хотя есть другое тело, которое я бы предпочла, я не могу замолчать, если только не перережу себе горло, я бы хотела забраться в тело Анны Маленькой, я бы хотела проползти вниз по ее горлу, пока она спит, и тихонько расположиться у нее внутри — мои руки в ее руках, мои ноги — в ее ногах, мой череп — в благотворной безмятежности ее черепа, где вращаются изображения мыла, муки, молока; отверстия моего тела совместились бы с отверстиями ее тела, чтобы бездумно ждать, что бы ни вошло через них: пение птиц, запах навоза, мужчина — теперь уже не сердитый, а нежный, качающийся в тепле моей крови, орошающий меня своим семенем, спящий в моей пещере. Я тоже засыпаю, а мои пальцы, накрытые его спящими пальцами, начинают учиться ласкать эту мягкую штуку, названия которой, вероятно, я постараюсь как можно дольше не узнавать.

212. Он отталкивает мою руку и садится. — Ты спал. — Это мои слова. Такие мягкие. Как странно! Они просто пришли сами. — По-

жалуйста, не сердись больше. Я ничего не буду говорить. — Я поворачиваюсь на бок и смотрю прямо на него.

Он трет лицо сложенными ладонями, перелезает через меня и находит свои брюки. Опираясь на локоть, я наблюдаю за быстрыми движениями — так одеваются мужчины.

Он выходит из комнаты, и минуту спустя я слышу скрип шин велосипеда по гравию, все тише и тише — он уезжает.

213. Я стучусь в открытую дверь коттеджа. Я умыта, я чувствую, что лицо у меня свежее и доброе. Анна подходит ко мне сзади, неся охапку дров.

— Добрый вечер, Анна! Хендрик дома?

— Да, мисс. Хендрик! Здесь мисс!

Похоже, она ничего не знает. Я улыбаюсь ей, и она вздрагивает. Нужно время.

Хендрик стоит в дверях, держась в тени.

— Хендрик, вы теперь приходи́те с Анной спать в дом, я слишком нервничаю, когда остаюсь одна. Я дам вам настоящие кровати, вам больше не придется спать на полу. Вообще-то, почему бы вам не спать в комнате для гостей? Принесите с собой все, что вам нужно, тогда вам не придется бегать туда и обратно.

Они обмениваются взглядами, а я стою в ожидании.

— Да, мы придем, — говорит Хендрик.

214. Мы сидим втроем вокруг кухонного стола и едим при свечах суп, который приготовили мы с Анной. Не уверенные в своем положении здесь, не зная моих привычек, они едят неловко. Анна сидит потупившись; Хендрик отвечает на мои вопросы о ферме в своей прежней, лаконичной манере.

215. Я мою посуду, Анна вытирает. Мы ловко работаем вместе. Она боится тех минут, когда ее руки не заняты работой. Я полна решимости задавать меньше вопросов и больше болтать, чтобы она привыкала к повествовательному стилю. Когда наши тела соприкасаются, я слежу за тем, чтобы не отстраняться.

Хендрик исчез в ночи. Что делают мужчины, когда разгуливают в темноте?

216. Мы стелем две постели в комнате для гостей, как полагается, с простынями и одеялами. Потом сдвигаем эти кровати. Я забочусь о том, чтобы был ночной горшок. Я наполняю

кувшин водой. Я ничего не оставляю без внимания, и намерения мои чисты. В центре ничего, в этом мертвом месте, я кладу начало — или, если это не так, делаю жест.

217. В предрассветные часы Хендрик приходит ко мне в постель и берет меня. Это причиняет боль, у меня еще не зажило, но я пытаюсь расслабиться, понять свои ощущения, хотя они еще не сформировались. Мне непонятно, что именно во мне возбуждает его; или если понимаю, то надеюсь, что со временем все изменится к лучшему. Мне бы хотелось спать в его объятиях, увидеть, можно ли спать в чьих-то объятиях, но он этого не хочет. Мне не нравится запах его семени. Интересно, привыкает ли к этому женщина. Анна ни в коем случае не должна утром стелить эту постель. Мне нужно натереть окровавленные простыни солью и запереть их или потихоньку сжечь.

Хендрик поднимается и одевается в темноте. Я так и не спала, уже почти утро, и у меня от усталости кружится голова.

— Я делаю это правильно, Хендрик? — Нагнувшись с кровати, я ловлю его за руку. Я слышу по своему голосу, и он, наверно, слышит, что я меняюсь. — Я ничего об этом не знаю, Хендрик, — ты понимаешь? Все, что я хочу знать: делаю ли я это правильно? Пожалуйста, окажи мне хотя бы такую незначительную помощь.

Он разжимает мои пальцы, но не зло, и уходит. Я лежу обнаженная, размышляя, максимально используя время, которое мое — до того как забрезжит свет, — готовясь также к предстоящей ночи.

218. — Ты счастлив, Хендрик? Я делаю тебя счастливым? — Я провожу пальцами у него по лицу, это он мне позволяет. Рот у него не улыбается, но улыбающийся рот — не единственный признак счастья. — Тебе нравится то, что мы делаем? Хендрик, я ничего не знаю. Я не знаю, нравится ли тебе то, что мы делаем. Ты понимаешь, что я тебе говорю?

Мне хотелось бы иметь возможность взглянуть на него, мне бы хотелось увидеть, смотрит ли он на меня настороженно, как прежде. Его лицо становится для меня с каждым днем все загадочнее.

Я наклоняюсь над ним, гладя его прядями своих волос, ему это, кажется, нравится, это он мне позволяет. — Хендрик, почему ты не разрешаешь мне зажечь свечу? Хоть однажды? Ты приходишь ночью, как привидение, — откуда мне знать, что это именно ты?

— Кто еще это может быть?

— Никто... Я просто хочу увидеть, как ты выглядишь. Можно?

— Нет, не надо!

219. Бывает, что он не приходит ночью. Я лежу обнаженная в ожидании, погружаясь в неглубокий сон, резко просыпаясь, испуская стон при первой песне птицы, при первом легком дуновении рассвета. Это тоже случается с женщинами: они лежат, ожидая мужчин, которые не приходят, я об этом читала, и пусть никто не скажет, что я не прошла через все, с первой буквы до последней.

Я слабею от недосыпания. Я внезапно засыпаю днем, где-нибудь в кресле, и просыпаюсь, разгоряченная, сконфуженная, и последний отзвук храпа звучит у меня в ушах. Застают ли эти двое меня в таком виде? Может быть, показывают пальцем, улыбаются и на цыпочках уходят по своим делам? Я скриплю зубами от стыда.

220. Я мало ем, становясь еще более тощей, если это возможно. Я страдаю от сыпи на шее. Я не обладаю красотой, чтобы завлечь его. Возможно, именно поэтому он не разрешает зажечь свечу, опасаясь, что его оттолкнет мой вид. Я не знаю, что доставляет ему удовольствие: хочет ли он, чтобы я шевелилась, или лучше лежать неподвижно, когда он меня берет. Я глажу его кожу. Но не чувствую никакой реакции. Он остается со мной все меньше и меньше, иногда всего на минуту, которая требуется ему, чтобы выпустить в меня свое семя. Он не снимает рубашку. Я слишком сухая для таких занятий. Я слишком поздно начала, и ручейки, которые должны бы бежать, давным-давно высохли. Я пытаюсь увлажнить себя, когда слышу, что он у дверей, но это не всегда срабатывает. По правде говоря, не понимаю, почему он оставляет постель своей жены ради меня. Иногда я ощущаю ее запах — от нее пахнет рыбой, — когда он раздевается. Я уверена, что они занимаются любовью каждую ночь.

221. Он переворачивает меня на живот и берет меня сзади, как это делают животные. Все замирает во мне, когда я вынуждена под-

ставлять ему свой уродливый зад. Я унижена; порой я думаю, что ему нужно именно мое унижение.

222. — Побудь еще минутку, Хендрик. Разве мы не можем поговорить? У нас так мало возможностей поговорить друг с другом.

— Шшш, не так громко, она нас услышит!

— Она ребенок, она крепко спит! Ты не хочешь, чтобы она узнала?

— Нет. Что она может сделать? Что могут сделать темнокожие?

— Пожалуйста, не надо говорить с такой горечью! Что я сделала, чтобы ты так ожесточился?

— Ничего, мисс.

Он слезает с кровати, его тело твердое, как железо.

— Хендрик, не уходи. Я устала, устала до мозга костей. Разве ты не можешь понять? Все, что я хочу, — это немного согласия между нами. Ведь это не так уж много.

— Да, мисс. — И он уходит.

223. Есть дни, которые нечем заполнить, которые проходят бесцельно. Мы трое не можем

найти свое истинное место в доме. Я не могу сказать, кто здесь Хендрик и Анна: гости, захватчики или пленники. Я не могу больше запираться у себя в комнате, как обычно делала прежде. Я не могу позволить, чтобы Анна сама себя обеспечивала в этом доме. Я слежу за выражением ее глаз, ожидая, когда она покажет, что знает о происходящем по ночам; но она на меня не смотрит. Мы всё еще вместе работаем на кухне. Чего мне еще ожидать от нее, кроме этого? Должна ли она поддерживать идеальный порядок в доме, или это должна делать я, в то время как она будет на меня смотреть? Должны ли мы, опустившись на колени, надраивать полы вместе — рабы домашнего идеала? Она хочет вернуться в свой собственный дом, я знаю, обратно к своим уютным запахам и небрежно убранной каморке. Это Хендрик держит ее здесь. Наверно, ей хочется быть наедине с Хендриком. Но Хендрику нужны и она, и я, так же как мне нужны и она, и Хендрик. Не знаю, как разрешить эту проблему. Я знаю только, что асимметрия делает людей несчастливыми.

224. Анну угнетают мои внимательные глаза. Ее угнетают мои приглашения рассла-

биться, посидеть рядом со мной на старой скамье в тени гевеи. Особенно ее угнетают мои разговоры. Я больше не задаю ей вопросов, я просто говорю с ней; но у меня нет умения вести беседу, я не знаю смешных историй, сплетен, я прожила всю свою жизнь в одиночестве, я не умею увлечь, порой моя речь — всего лишь лепет, порой я кажусь себе несносным ребенком, что-то лепечущим ей, — разумеется, постигающим таким образом человеческую речь, но медленно, очень медленно и слишком большой ценой. Что касается ее слов, то она произносит их неохотно, поэтому они такие скучные.

225. Я объявляю, что пришло время делать заготовки из зеленого инжира. Я оживлена, это мое любимое занятие, но я не могу вывести Анну из ее уныния. Мы движемся между рядами деревьев.

— Собирай только самый мелкий инжир, — говорю я ей, — не бери те плоды, которые уже начали созревать.

На каждые пять штук, что летят в мое ведро, приходится лишь одна, падающая в ее ведро. Мы выкладываем их на кухонный стол.

— Делай маленький надрез крестиком, вот так, — говорю я ей, — тогда сахар дойдет до самой сердцевины.

Мои пальцы проворные, а ее — неловкие, работает она медленно, от нее мало проку. Она опускает руки на колени и вздыхает. Я наблюдаю за ней, сидя напротив, над миской с инжиром. Она не хочет встречаться со мной взглядом.

— Тебя что-то огорчает, дитя? — спрашиваю я. — Ну же, расскажи мне, возможно, я смогу помочь.

Она как-то жалобно качает головой, вид у нее при этом глуповатый. Она берет плод и делает надрез.

— Тебе одиноко, Анна? Ты скучаешь по своей семье?

Она медленно качает головой.

Вот таким образом я провожу свои дни. Ничего не изменилось. То, по чему я тоскую — чем бы это ни было, — не приходит.

226. Я стою у Анны за спиной. Я кладу руки ей на плечи, мои пальцы скользят за вырез ее платья и ласкают молодые кости, ключицу, лопатку, названия которых ничего не говорят об их красоте. Она опускает голову.

— Иногда я тоже полна печали. Я уверена, это пейзаж так на нас действует. — Мои пальцы касаются ее горла, челюсти, висков. — Ничего. Скоро все будет хорошо.

Что делают с желанием? Мои глаза праздно останавливаются на предметах: причудливых камнях, красивых цветах, странных насекомых; я беру их, приношу домой, храню. Мужчина приходит к Анне и приходит ко мне; мы обнимаем его, держим его внутри себя, мы — его, а он — наш. Я — наследница земли, которую мои предки сочли хорошей и огородили. Мы можем лишь одним ответить на вспышку желания: захватить, огородить, удержать. Но насколько реально наше обладание? Цветы превращаются в пыль, Хендрик высвобождается из объятий и уходит, земля не знает изгородей, камни будут здесь, когда я обращусь в прах, даже еда, которую я поглощаю, проходит через меня. Я — не одна из героев желания, то, чего я хочу, не бесконечно и достижимо, все, чего я прошу — слабо, с сомнением, жалобно, — это нельзя ли что-то сделать с желанием, не стремясь завладеть желаемым, ибо это тщетно, поскольку может кончиться лишь уничтожением желаемого. И насколько острее становится мой вопрос, когда женщина желает женщину, две дырки, две пустоты. Потому что если это то, чем являюсь я, тогда и она тоже, анатомия — это судьба: пустота, или оболочка, пленка над пустотой, стремящейся быть заполненной в мире, в котором ничего не заполняется. Я говорю ей:

— Ты знаешь, что я ощущаю, Анна? Великую пустоту, пустоту, заполненную великим отсутствием, отсутствием, которое есть желание быть заполненной, быть завершенной. Но в то же время я знаю, что ничто меня не заполнит, потому что первое условие жизни — вечно желать, иначе жизнь прекратится. Это принцип жизни — вечно завершаться. Завершение не завершает. Только камни ничего не желают. И как знать, быть может, в камнях тоже есть дырки, которые мы никогда не обнаруживали.

Я наклоняюсь над ней, я ласкаю ее руки, держу ее вялые ладони в своих. Вот что она от меня получает — колониальную философию, слова, за которыми не стоит история, в то время как ей хочется историй. Я могу вообразить женщину, которая сделала бы этого ребенка счастливым, наполнив его рассказами из прошлого, которые действительно случились: как дедушка убежал от пчел, потерял свою шляпу и так и не нашел; почему луна прибывает и убывает; как заяц перехитрил шакала. Но эти мои слова приходят из ниоткуда и уходят в никуда, у них нет ни прошлого, ни будущего, они свистят по равнинам в унылом вечном настоящем, никого не насыщая.

227. У нас были визитеры.

Анна подстригала мне волосы. Я сидела в утренней прохладе на табурете возле двери в кухню. Ветерок приносил издалека приглушенный подземный шум насоса — еще один звук в мире, полном знакомых воскрешенных звуков. Я могу представить себя слепой и счастливой в таком мире: лицо подставлено теплым солнечным лучам, уши настроены на звуки вдали. Ножницы Анны скользят по моему затылку, холодя его, послушные моему шепоту.

Затем в дверях вдруг возникает сумятица, мелькают коричневое, серое, черное, пространство распадется и вновь собирается перед моими глазами, и Хендрик приходит и уходит, его штанины со свистом трутся друг о друга, подошвы хрустят по гравию; и Анна сразу же пускается бежать следом за ним, согнувшись, выронив расческу и ножницы, и неподвижность без всякого перехода сменяется движением, как будто вся ее жизнь со мной была всего лишь замершим мигом, выхваченным на бегу. Я не успеваю встать, как они скрываются за изгородью вокруг вагона для стрижки овец, потом — за сараем и несутся вниз по склону к руслу реки.

Со скатертью, накинутой на плечи, и наполовину остриженными волосами я прохожу через дом и оказываюсь перед двумя незнакомцами — двумя всадниками. Неопрятная, захваченная врасплох — казалось бы, преимущество на их стороне; но я-то знаю, что они на моей земле, они меня побеспокоили, это именно они должны извиниться и изложить свое дело.

— Нет, — говорю я им отрывисто, — он уехал сегодня, рано утром... Нет, я не знаю куда... С ним поехал мальчик... Вероятно, поздно. Он всегда поздно возвращается домой.

Это отец и сын, соседи. Когда же я в последний раз видела соседа? Да и видела ли когда-нибудь? Они не говорят, зачем приехали. Они приехали по какому-то мужскому делу. Изгороди снесены, свора собак вырвалась на свободу, началась эпидемия у овец, саранча все заполонила, не явились стригали — они мне не говорят, в чем дело. Это настоящие катастрофы, как же мне справиться с ними одной? Если я сделаю Хендрика своим управляющим, сможет ли он справиться с фермой, в то время как я буду стоять у него за спиной с суровым лицом, делая вид, что он — моя марионетка? Не лучше ли обнести ферму колючей проволокой, запереть ворота, убить овец и отказаться от вымысла о фермерстве? Как я могу убедить таких вот закаленных мужчин, что я из одного с ними теста, тогда как это явно не так? Они проскакали такое расстояние впустую, они ждут приглашения спешиться и подкрепиться; но я продолжаю молча стоять перед ними столбом, и наконец, обменявшись взглядами, они дотрагиваются до шляп и поворачивают лошадей.

Это тяжелые времена. Будут еще визиты, придется отвечать на более сложные вопросы, пока визиты и вопросы не прекратятся. Будет сильное искушение пресмыкаться и хныкать. Какой идиллией кажутся прежние времена! И как заманчиво, хотя и по-другому, будущее в саду за колючей проволокой! Две истории мне в утешение — ведь истина, боюсь, в том, что нет ни прошлого, ни будущего, что среда, в которой я живу, — вечное настоящее, в котором — лежу ли я под весом этого сурового мужчины, ощущаю ли холодок от ножниц у моего уха, омываю ли покойника или приправляю мясо — я невольно являюсь путеводной звездой, вокруг которой вращается вся эта феноменальная вселенная. Я прижата, но мной не завладели, меня пронзают, но сердцевина остается нетронутой. В душе я все еще богомол-девственник былых времен. Хендрик может брать меня, но это я его держу.

228. — Они придут снова! Тебе не провести этих людей! Они будут ждать, когда появится старый хозяин, а если его не будет, они поймут, что что-то не так!

Он расхаживает, то попадая в свет лампы, то исчезая. Он вернулся к ночи, принеся с собой бурю. Теперь я действительно вижу, как далеко мы продвинулись в фамильярности. Он научился не снимать шляпу в моем присутствии. Он научился расхаживать взад и вперед, когда говорит, и ударять кулаком о свою ладонь. Его жесты выражают злость, но также и уверенность человека, который свободен выказать свою злость. Это интересно. Страсть, которую он выказал по отношению ко мне, — это страсть ярости. Вот почему мое тело закрывается от него. Нелюбимое, оно остается нелюбящим. Но ненавистно ли оно? Что именно он пытается сделать все это время? Он пытается чего-то добиться от моего тела, я знаю, но я слишком упряма, слишком неуклюжа, слишком тяжеловесна, слишком устала, слишком напугана потоком его разъедающей спермы; я только скрежетала зубами и зажималась, когда он хотел чего-то еще — возможно, дотронуться до моего сердца, дотронуться до моего сердца и вызвать конвульсии. Интересно, насколько глубоко может один человек проникнуть в другого? Как жаль, что он не может мне показать. У него есть средства, но нет слов, а у меня есть слова, но нет средств; потому что есть нечто, куда, боюсь, мои слова не дойдут.

— Говорю тебе, на днях они вернутся, скорее, чем ты думаешь, вместе с другими людьми, со всеми другими фермерами! Тогда они увидят, что ты живешь в большом доме вместе со слугами. Тогда пострадаем *мы* — не ты, а она и я!

И они также узнают про старого хозяина, уж будь уверена! Эта старая Анна давно распространяет слухи, все знают, что хозяин путался с моей женой. Итак, когда они скажут, что я его застрелил, кто мне поверит, кто поверит темнокожему? Они меня повесят! Меня! Нет — я ухожу, ухожу завтра же, я уеду из этих краев, к завтрашней ночи я хочу быть далеко отсюда, я хочу быть на мысе Доброй Надежды!

— Хендрик, мы можем поговорить разумно хоть минуту? Сядь, пожалуйста, я сбиваюсь, когда ты вот так носишься по комнате. Скажи мне сначала, где ты был весь день и где Анна?

— Анна дома. Мы больше здесь не спим.

— Ты тоже здесь больше не спишь? Я должна спать одна в этом доме?

— Мы здесь не спим.

— Ты знаешь, Хендрик, ты делаешь мне больно. Ты знаешь, в твоей власти делать мне больно, и ты делаешь это каждый раз. Ты в самом деле думаешь, что я сдам тебя полиции? Ты думаешь, я слишком бесхарактерна, чтобы признать свою вину? В таком случае ты меня не знаешь, Хендрик. Ты так ожесточен, что совершенно ослеп. Я не просто одна из белых, я — это *я*! Я — это я, а не другие. Почему *я* должна платить за грехи других? Ты знаешь, как я живу здесь, на ферме, совершенно вне человеческого общества, почти вне человечества! Посмотри на меня! Ты знаешь, кто я, мне нет необходимости говорить тебе! Ты знаешь, как меня называют, — ведьмой Агтерплааса! Так с какой стати мне объединяться с ними против тебя? Я говорю тебе правду! Что *еще* мне нужно сделать, чтобы ты поверил, что я говорю правду? Неужели ты не видишь, что вы с Анной — единственные люди в мире, к которым я привязана? Чего еще ты хочешь? Я должна заплакать? Должна встать на колени? Ты ждешь, чтобы белая женщина встала перед тобой на колени? Ты ждешь, чтобы я стала твоей белой рабыней? Скажи мне! Говори! Почему ты никогда ничего не говоришь? Почему ты берешь меня каждую ночь, если ты меня ненавидишь? Почему ты даже не скажешь мне, правильно ли я это делаю? Откуда мне знать? Как мне научиться? Кого я должна спросить? Я должна спросить Анну? Я должна действительно пойти и спросить твою собственную жену, как мне стать женщиной? Как я могу унизить себя еще больше? Должна ли белая женщина лизать тебе задницу, чтобы ты ей хоть раз улыбнулся? Ты знаешь, что ты никогда не поцеловал меня, никогда, никогда, никогда? Разве вы никогда не целуетесь? Разве ты никогда не целуешь свою жену? Что же так отличает ее от меня? Должна ли женщина сделать тебе больно, прежде чем ты сможешь полюбить ее? В этом твой секрет, Хендрик?

В какой именно момент, когда я осыпала его мольбами и обвинениями, он вышел из комнаты? Оставался ли он до конца? Потерян ли он для меня навеки? Возможно ли, если бы я больше улыбалась, если бы смогла оттаять свое тело, — возможно ли, что вновь появился бы тот терпеливый молодой человек, которого я знала когда-то, который сам мастерил себе башмаки, который вертел ручку кофемолки, когда я подсыпала кофейные зерна, который слегка дотрагивался до шляпы и сверкал зубами в улыбке и уходил выполнять следующее задание этой расслабленной, неутомимой походкой? Узнав его ближе, я, по-видимому, утратила все то, что мне больше всего в нем нравилось. Какой урок я должна извлечь, если еще не слишком поздно учиться, если я когда-нибудь снова узнаю мужчину? Не тот ли это урок, который усвоил мой отец, когда не мог поднять руку, чтобы отогнать мух от своего лица: «Остерегайся близости со слугами»? Не в том ли дело, что и Хендрик, и я — каждый по-своему — погибли для любви? Или просто в какой-то момент история повернула не туда, и, если бы я нашла более постепенный путь к более мягкой форме близости, все мы могли бы научиться быть счастливыми вместе? Или эта пустыня из огня и льда — чистилище, сквозь которое мы должны пройти, чтобы попасть в страну млека и меда? А как же Анна? Она тоже пойдет? Станем ли мы с ней однажды сестрами и будем ли спать в одной постели? Или, быть может, когда она обретет себя, то выцарапает мне глаза?

229. Должны существовать иные способы заполнить пустые дни, помимо стирания пыли, подметания полов и надраивания дверных ручек до блеска. Я перехожу из одной комнаты в другую, занимаюсь бесконечной уборкой. Есть ли способ раз и навсегда убрать комнату? Возможно, если я снова начну с чердака, заткну щели между крышей и стенами, законопачу двери и окна, то смогу остановить поток пыли и покинуть дом до прихода весны — если когда-нибудь снова придет весна, если кто-нибудь тут будет весной, чтобы отпереть. Быть может, я смогу оставить одну комнату открытой, предпочтительно свою собственную, ради старых времен, и сложить в ней последние свечи, остатки еды, топорик, гвозди, молоток, последнюю бумагу

и чернила. А может быть, лучше бы закрыть ставни, запереть последнюю дверь и перенести свои пожитки в тускло освещенный маленький амбар, где жили строители большого дома, когда давным-давно они задумывали будущую феодальную династию. Там, среди мышей и тараканов, я несомненно смогла бы найти способ свернуть свою историю.

230. Одна за другой со щелчком закрываются за мной двери большого дома. Передвигая мебель, борясь с грязью, превращая дерево в золу, я нашла себе занятие на всю жизнь. Рабы теряют в своих цепях всё, даже радость избавиться от них. Хозяин умирает, паразит ползает в тревоге по холодеющим внутренностям, гадая, чьими тканями он будет питаться дальше.

В конце концов, я не создана, чтобы жить в одиночестве. Если бы судьба забросила меня в середину велда в центре ничего, зарыла в землю до пояса и приказала прожить жизнь, я бы не смогла это сделать. Я не философ. Женщины не философы, а я — женщина. Женщина не может сделать что-то из ничего. Какой бы стерильной ни показалась моя возня с пылью, паутиной, едой и испачканным постельным бельем, необходимо было заполнить меня, дать мне жизнь. Я бы зачахла в велде в одиночестве. Я вряд ли могла бы заполнить день за днем, ночь за ночью движениями небесных тел и крошечными сигналами насекомых, обсуждающих, пора или еще рано меня есть. Кроме глаз и ушей мне бы потребовались хотя бы две руки и запас камешков, чтобы создавать из них узоры, — а сколько же можно создавать узоры, ведь начнешь жаждать исчезновения с лица земли! Я не принцип, не правило ораторского искусства, не машина, завезенная существом с другой планеты на эту заброшенную землю под Южным Крестом, чтобы генерировать чувства день за днем, ночь за ночью — пока не иссякну. Для того чтобы быть счастливой, мне мало камней, которые можно перекладывать, комнат, которые можно убирать, мебели, которую можно передвигать; мне нужны люди, с которыми можно беседовать, братья и сестры, отцы и матери, мне нужна история и культура, нужны надежды и стремления, нужно нравственное чувство — не говоря уж о еде и питье. Что будет со мной теперь, когда я одна? Потому что я снова одна, одна в историческом настоящем: Хендрик ушел, Анна ушла с ним, они сбежали ночью без единого слова, ничего не взяв с собой, — лишь то, что можно было привязать к велосипеду. Что теперь будет? Я полна дурных предчувствий. Я приютилась в амбаре, холод от каменного пола проникает до костей, тараканы столпились вокруг, с любопытством шевеля своими усиками, а я опасаюсь худшего.

231. Приходит зима. Холодный ветер свистит по равнинам под свинцовым небом. Картофель пророс, фрукты сгнили на земле. Собака ушла вслед за Хендриком. Насосы монотонно шумят день и ночь, запруды переполняются водой. Ферма гибнет. Я не знаю, что будет с овцами. Я открыла все ворота на ферме, они разбрелись повсюду. Однажды утром, перед рассветом, сто серых фигур прошли между домом и амбаром, с приглушенным топотом, толкаясь, — они отправились на поиски новых пастбищ. Я обнаружила, что они ничего для меня не значат. Я не могу их ловить и не в состоянии их убить. Если бы у меня были пули, я бы их застрелила ради их же собственного блага (я взвешиваю ружье в руке, рука у меня твердая) и оставила бы разлагаться. Шерсть у них длин-

ная и грязная; они заражены клещами и личинками мясных мух, и им не пережить еще одно лето.

232. Я питаюсь только тыквами и маисовой кашей. Я не припасла ничего на черный день. Бог заботится о своих чадах, а если я не вхожу в их число, то уж лучше мне погибнуть. Я с трудом передвигаю ноги, занимаясь своими будничными делами, ветер меня подгоняет. Частица за частицей с лица сходит кожа; у меня нет желания обновлять ее. Атомы кожи, атомы штукатурки, атомы ржавчины улетают в забвение. Если быть очень терпеливым, если прожить достаточно долго, то можно надеяться, что увидишь тот день, когда рухнет и рассыплется в прах последняя стена, ящерица будет греться на солнышке на очаге, а кладбище зарастет колючим кустарником.

233. У меня посетители, очень много посетителей. Я не знала, в своей невинности аборигена, что в мире так много людей. Каждый дюйм фермы прочесали в поисках моего отца, который выехал из дому в один злополучный день и так и не вернулся назад.

Имя нельзя вычеркнуть из списка, объяснили мне, пока не найдены останки. Таковы правила. Я киваю. Как, должно быть, счастлив тот, у кого есть простые, заслуживающие доверия правила, по которым можно жить. Возможно, еще не поздно распрощаться с этим заброшенным краем и устроить себе дом в цивилизованном месте.

234. Лошадь. Лошадь стояла в конюшне недели после исчезновения моего отца. Потом мне надоело ее кормить, и я выпустила ее. Теперь лошади нет. Или, быть может, лошадь бродит по холмам и ищет своего пропавшего хозяина.

235. Анна Большая и Якоб тоже нанесли визит на ферму. Они приехали в двуколке, запряженной ослами, чтобы забрать свои оставшиеся пожитки. Анна Большая вздыхала и распространялась о добродетелях моего отца.

— Он всегда был человеком слова, — сказала она.

— Какие у вас новости о Хендрике? — спросила я.

— Никаких, — ответила она. — Он исчез, он и эта его жена. Но его еще поймают!

Якоб прижимает свою шляпу к груди и кланяется. Его жена ведет его к двуколке. Она стегает ослов, и эта пара исчезает из моей жизни — сморщенная, сгорбленная. Я смотрю, как они проезжают по куче песка, потом закрываю дверь.

236. Что будет с Хендриком? Когда они приехали искать моего отца — эти бородатые мужчины, эти мальчики с розовыми щеками и голубыми глазами стрелков, — искали ли они на самом деле пропавшего хозяина или преследовали нерадивого слугу и его подругу? А если они действительно охотились за Хендриком, то, возможно, уже отыскали его и Анну и, без лишних слов застрелив их, отправились домой ужинать. Ведь в этой части мира негде укрыться. Эта часть мира открыта глазу охотника в любом направлении; тот, кто не может зарыться в землю, погиб.

Но, быть может, их не застрелили. Возможно, их выследили и привезли, связанных, как зверей, в какое-нибудь отдаленное место, где вершится правосудие, и приговорили к каторжным работам в каменоломне до конца дней, чтобы покарать за их преступления и безумные мстительные истории, которые они поведали. Возможно, мне, как женщине, как слабоумной леди, старой деве, ничего не сказали. Возможно, Хендрика и Анну вывели из зала суда и, переглянувшись и кивнув, решили смягчить правосудие милосердием: послали бейлифа с мотком проволоки закрыть ворота фермы и выбросили меня из головы. Ведь можно быть запертым и в большом пространстве, и в маленьком. Поэтому возможно, что моя история уже пришла к своему концу, документы связали ленточкой и убрали, и только мне ничего не известно — ради моего же блага.

А быть может, они даже привезли Хендрика обратно на ферму, чтобы устроить очную ставку со мной, а я об этом забыла. Возможно, они приехали все вместе — судья, чиновники, бейлифы, любопытные со всей округи, — и привели Хендрика, закованного в кандалы по рукам и ногам, и сказали: «Это тот человек?» — и стали ждать моего ответа. Затем мы посмотрели друг на друга в последний раз, и я сказала: «Да, это он», и он грязно выругался и плюнул в меня, а они избили его и утащили, и я плакала. Возможно, это и есть истинная история, как бы она ни была для меня нелестна.

А может быть, я все время заблуждалась, и в конце концов мой отец не умер, а сегодня в сумерках приедет с гор на своей потерявшейся лошади, и с топотом войдет в дом, сердясь, что для него не готова ванна, и распахнет запертые двери, вдыхая чужие запахи. «Кто тут был? — заорет мой отец. — Ты впустила в дом какого-то подонка?» Я начинаю хныкать и пытаюсь убежать, но он ловит меня и выкручивает мне руку. Я что-то лепечу в страхе и рыдаю: «Хендрик! Приди и помоги мне, призраки вернулись!»

Но Хендрик, увы, ушел, и я должна сама справиться со своими демонами, я взрослая женщина, имеющая жизненный опыт, хотя этого не подумаешь, глядя на меня, забившуюся за последний мешок с маисом. Хендрик, я не могу поговорить с тобой, но я желаю тебе удачи, тебе и Анне, я желаю вам хитрости шакала, я желаю вам быть удачливее, чем ваши охотники. И если однажды ночью ты постучишься в окно, я не удивлюсь. Ты можешь спать здесь весь день, а по ночам бродить при лунном свете, бормоча себе под нос то, что говорят себе люди на клочке земли, которая принадлежит им. Я буду для тебя стряпать, я даже попытаюсь снова стать твоей второй женщиной, если захочешь, это, несомненно, мне по силам, если я поставлю себе такую цель, — наверно, нет ничего невозможного на этом островке вне пространства, вне времени. Ты можешь привести с собой своих детишек; я буду следить за ними днем и выводить их поиграть ночью. Их большие глаза будут светиться, они будут видеть то, что невидимо для других; а днем, когда небесное око сердито смотрит и пронзает каждую тень, мы будем вместе лежать в прохладной темноте земли — ты, и я, и Анна, и они.

237. Лето и зима приходят и уходят, приходят и уходят. Я не знаю, как это они так быстро пролетают и много ли их прошло, — я не догадалась давным-давно начать делать зарубки на столбе, или царапать знаки на стене, или вести журнал, как делают те, кто потерпел кораблекрушение. Но время течет непрерывно, и я теперь действительно сумасшедшая мерзкая согбенная старуха, с носом крючком и узловатыми пальцами. Возможно, я заблуждаюсь, рисуя время в виде реки, текущей из бесконечности в бесконечность и несущей меня, как пробку или веточку; возможно, сначала эта

река течет по поверхности, а потом уходит под землю и затем по причинам, которые мне не дано никогда узнать, вновь выныривает из-под земли и течет на свету, и я вместе с ней, и меня снова можно услышать после всех этих зим и лет, проведенных в кишках земли, — нет, слова, должно быть, продолжались и там (что было бы со мной, если бы они прекратились?), но они исчезли без следа, не оставив по себе память. А быть может, никакого времени нет и я обманываюсь, считая, что моя среда — время; быть может, существует лишь пространство, а я — точка света, неравномерно движущаяся в пространстве, перескакивая через годы: только что — испуганный ребенок в углу классной комнаты в школе — и вот уже старуха с узловатыми пальцами, это также возможно, у меня нет полной уверенности, и это объясняет, почему некоторые из моих воспоминаний предположительны.

238. На ферме побывал еще один посетитель — всего один. Однажды днем он пришел по дороге, ведущей к дому. Я наблюдала за ним со склона холма, где работала с камнями. Он меня не видел. Он постучал в дверь кухни. Потом,

прикрыв ладошкой глаза, попытался заглянуть в окно. Это был ребенок, мальчик лет двенадцати-тринадцати, в штанах до колен и мешковатой коричневой рубашке. На голове у него было кепи цвета хаки — я никогда таких не видела. Когда никто не ответил на его стук, он отошел от дома и отправился в сад, где на апельсиновых деревьях было полно плодов. Именно там я к нему подкралась — старуха, живущая в дикой чаще. Он дрожа вскочил на ноги, пытаясь спрятать за спиной начатый апельсин.

— Кто это тут крадет мои фрукты? — сказала я, и слова тяжело слетели с моих губ, как камни — до чего же странно снова говорить настоящие слова настоящему слушателю, пусть и оцепеневшему от страха.

Ребенок уставился на меня, выпучив глаза (позвольте мне воссоздать эту сцену), на старую каргу в черном платье, усеянном пятнами от пищи и краски, с большими зубами, торчащими в разные стороны, с безумными глазами и гривой седых волос. Он понял в эту минуту, что все сказки — правда, что сбывается самое худшее, что он больше никогда не увидит свою маму, что его зарежут, как ягненка, нежное мясо зажарят в печке, из сухожилий сварят клей, из глазных яблок — зелье, а косточки бросят собакам.

— Нет, нет! — закричал он, и его маленькое сердце чуть не остановилось, он упал на колени. Из кармана он достал письмо и поднял его вверх дрожащей рукой. — Это письмо, старая мисс, пожалуйста!

Это был темно-желтый конверт, на котором синим карандашом был жирно нарисован крестик. Письмо было адресовано моему отцу. Значит, нас не забыли.

Я открыла конверт. Это было письмо, отпечатанное на двух языках, с просьбой уплатить налоги за содержание дорог, истребление паразитов и другие чудеса, о которых я никогда не слыхивала.

— Чья это подпись? — спросила я ребенка. Он покачал головой, наблюдая за мной и опасаясь приблизиться. — Кто прислал письмо?

— Почта, старая мисс.

— Да, но кто?

— Не знаю, старая мисс. Старая мисс должна расписаться. За письмо. — Он протянул мне маленький блокнот и огрызок карандаша.

Прижав блокнот к бедру, я написала: «У меня нет денег» — печатными буквами из-за боли в пальцах.

Ребенок взял свой блокнот и карандаш и положил в карман.

— Сядь, — сказала я, и он присел на корточки. — Сколько тебе лет?

— Двенадцать, старая мисс.

— А как тебя зовут?

— Пит, старая мисс.

— Хорошо, Пит, скажи-ка мне, ты когда-нибудь делал вот это? — Я сделала кружок из большого и указательного пальцев левой руки и начала протыкать его указательным пальцем правой руки, водя туда и обратно.

Пит медленно покачал головой, глядя прямо в мои безумные старые глаза и выжидая момент, чтобы сорваться с места.

Я сделала к нему шаг и положила руку ему на плечо.

— Тебе бы хотелось научиться, Пит?

Взвилось облачко пыли — и только я его и видела: сжимая в руке кепи, мальчик мчался между апельсиновыми деревьями, вверх по насыпи и затем по дороге.

Это был единственный визит.

239. Кроме того, я слышу голоса. Именно мое общение с голосами не дало мне превра-

титься в зверя. Да, я уверена, что если бы со мной не говорили голоса, то я бы давным-давно перестала произносить слова и начала бы выть, реветь или издавать клекот. Моряк на необитаемом острове говорит со своим домашними животными; «Красотка Полли!» — говорит он попугаю, «Апорт!» — говорит он собаке. Но он все время чувствует, как губы у него становятся твердыми, язык — неловким, гортань грубеет. Собака в ответ гавкает, попугай скрипит. И вскоре моряк уже бегает на четвереньках, погоняет местных коз обглоданной берцовой костью, ест их мясо сырым. Человека делает человеком не его собственная речь, а речь других.

240. Голоса говорят со мной из машин, которые летают в небе. Они говорят со мной по-испански.

241. Я совсем не знаю испанский язык. Однако тот испанский, на котором говорят со мной из летающих машин, я понимаю сразу же. Вероятно, это можно объяснить, предположив, что в то время как внешне слова выглядят испанскими, фактически это не местный испанский, а испанский чистых значений — таких,

какие могут пригрезиться философам, — и поэтому то, что передается мне посредством испанского языка с помощью механизмов, которых я не чувствую (так глубоко они внедрились в меня), является чистым значением. Это моя догадка, моя смиренная догадка. Слова испанские, но они связаны с универсальными значениями. Если я этому не поверю, то тогда мне придется верить, что либо мое свидетельство ненадежно — это могло бы поколебать лишь третью сторону, но только не меня или мои голоса (две стороны, которые имеют значение), ведь мы доверяем друг другу, — либо ради моего блага идет непрерывное чудесное вмешательство в виде перевода — но это объяснение я предпочитаю не принимать, пока не окажется, что все другие неверны.

242. Как я могу заблуждаться, когда мыслю столь четко?

243. Голоса из летающих машин не доходят прямо ко мне простым путем. То есть люди не высовываются из летающих машин, выкрикивая свои слова для меня. Если только летающие машины достаточного размера, чтобы вмещать

людей — таких, какими я их себе представляю. Летающие машины, которые похожи на узкие серебряные карандаши с двумя парами жестких крыльев — длинной парой спереди и короткой парой сзади, — длиной около шести футов, но они летят на высоте в несколько сотен футов над землей, выше, чем большинство птиц, и, следовательно, они кажутся меньше, чем на самом деле. Они летят с севера на юг в первый и четвертый дни и с юга на север во второй и пятый дни, не появляясь в небесах в третий, шестой и седьмой дни. Цикл из семи дней — одна из закономерностей, которую я обнаружила у этих машин.

244. Вполне возможно, что существует всего одна машина, которая летает туда и обратно по небу четыре раза в неделю, а не четыре машины или множество машин. Но у меня нет полной уверенности на этот счет.

245. То, что летает по небу, скорее похоже на машину, нежели на насекомое, потому что его жужжание непрерывно, а полеты регулярны. Я называю это машиной. Возможно, это насекомое. В таком случае шутка действительно жестокая.

246. Слова, которые я слышу, не выкрикивают мне прямо из машин. Скорее они повисают в воздухе, все эти испанские хрустальные слова, а затем опускаются вниз, становясь холоднее, точно так, как роса или иней в морозное время; они доходят до моего слуха ночью, а чаще — ранним утром, перед самым рассветом, и просачиваются в мое сознание, как вода.

247. Я не заблуждаюсь: я же не могла придумать те слова, которые мне говорят. Они исходят от богов или, если это не так, — из другого мира.

В прошлую ночь слова были такими: *Когда мы видим во сне, что нам снится сон, момент пробуждения близок.* Я размышляю над этим текстом. Я уверена, что он не имеет отношения к моему нынешнему состоянию. Мне никогда не снилось, что я вижу сон. Я теперь вообще не вижу снов, а сплю, в блаженной пассивности ожидая, чтобы ко мне пришли слова, как дева ожидает святого духа. Я уверена, что я реальна. Вот моя рука, из кости и плоти, одна и та же рука каждый день. Я топаю ногой: это земля, реальная, как я. Поэтому слова, наверное, относятся к грядущему времени. Возможно, они предупреждают меня, что однажды я проснусь, чувствуя себя чуть более воздушной, иллюзорной, чем сейчас, и, отдернув занавеску и взглянув на велд в миллионный раз, обнаружу, что вижу каждый куст и дерево, каждый камень и песчинку в их собственном ореоле прозрачности, словно каждый атом вселенной отвечает мне пристальным взглядом. Пение цикад, такое знакомое, что его перестаешь слышать, начнет пульсировать у меня в ушах, сначала тихонько, как будто доносится с отдаленной звезды, потом все громче, отдаваясь в моем черепе, потом тише, тихо и ровно, внутри меня. Что я скажу себе тогда? Что у меня лихорадка, что в данный момент чувства мои расстроены, что если я отдохну, то через несколько дней стану прежней? С какой стати микробам лихорадки пересекать семь лиг безводной земли, покрытой колючим кустарником, испещренной шкурами мериносов, которые давно умерли, — если предположить, что лихорадка переносится микробами и что у микробов есть крылья? И что они получат в награду — засушенную старую деву? Несомненно, в других местах у них есть более соблазнительная добыча. Нет, боюсь, что я смогу сказать себе лишь одно: «Так не может продолжаться, я теряю себя, момент пробуждения близок». И что я увижу, проснувшись? Этого полузабытого темнокожего мужчину, который лежит в моей постели, злой и напряженный, прикрыв глаза рукой? Холодный коридор и дверь комнаты моего отца и воровской скрип пружин кровати? Комнату, которую сняли в чужом городе, в которой, наевшись до отвала солонины и картофельного салата, я видела всю ночь дурные сны? Или какую-то другую неприятную сцену, столь причудливую, что ее невозможно вообразить?

248. Голоса говорят: *Не имея внешних врагов, угнетенный ограничениями и размеренностью, человек в конце концов непременно превращает себя в приключение.* Насколько я понимаю, они обвиняют меня в том, что я превратила свою жизнь в вымысел — от скуки. Они обвиняют меня, правда тактично, — что я изобразила себя более неистовой, более разносторонней, более терзающейся, чем в действительности, — как будто я читала себя, как книгу, и, найдя эту книгу скучной, отложила ее и начала сама себя сочинять. Вот как я понимаю их обвинение. Я сочинила свою историю, не

восстав против истинного угнетения, говорят они, а реагируя на скуку: мне надоело обслуживать моего отца, командовать служанками, вести домашнее хозяйство, годами сидеть в сторонке, когда другие веселятся. Когда я не смогла найти врага извне, когда с холмов не спустились темнокожие всадники, размахивая луками и улюлюкая, я сделала врага из самой себя, мирной и послушной, ничего более не желающей, как выполнять волю своего отца и толстеть, сидя дома.

Они — боги и тем не менее не видят, спрашиваю я себя, или это я намеренно слепа? Что более правдоподобно: история моей жизни, как я ее вижу, или история хорошей дочери, мурлыкающей псалмы, когда она поливает жиром воскресное жаркое в голландской кухне, в мертвом центре каменной пустыни? Что касается придумывания врагов, то жалкий воин на холмах никогда не был таким грозным, как враг, который ходит в вашей тени и говорит: «Да, хозяин». Рабу, который сказал бы только «да», мой отец мог бы сказать только «нет», и я за ним, и это было началом всех моих бед. Поэтому я протестую. Некоторые вещи не увидать с небес. Однако как же мне убедить своих обвинителей?

Я попыталась выложить послания из камней, но камни слишком громоздки для тонких нюансов. Да и могу ли я быть уверена, что они поймут слова, которыми я пользуюсь? Если они боги и всезнающи, то отчего же они пользуются лишь одним языком? Могу ли я быть уверена, что они вообще знают обо мне? Возможно, они даже не догадываются о моем существовании. Быть может, я все время заблуждалась, полагая, что они говорят со мной. Возможно, их слова предназначены только испанцам, поскольку было решено, что испанцы — избранные, а мне это неведомо. А может быть, испанцы живут не так далеко, как я считала, а вон за теми холмами. Следует подумать об этом. Возможно, я принимаю их слова слишком близко к сердцу, а они предназначены не для одних испанцев и не для одной меня, а для всех нас, понимающих испанский, и всех нас обвиняют в сочинении красивых приключений, хотя в это труднее поверить: не у многих столько свободного времени, как у меня.

249. *Невинная жертва может познать зло лишь в форме страдания. То, что не ощущается преступником, — его преступление. То, что*

не ощущается невинной жертвой, — ее собственная невинность.

Меня беспокоит мое непонимание нюансов испанского языка. Мне бы хотелось, чтобы эти изречения были менее пророческими. Дают ли голоса определение преступления и невинности, или говорят мне о том, каким образом жертва и преступник узнают преступление по опыту? В первом случае утверждают ли они, что, когда зло познается как зло, невинность таким образом нарушается? В таком случае я могу войти в царство спасенных только как девушка с фермы, но никогда — как героиня самосознания. Буду ли я проклята? Перестанут ли голоса говорить со мной? Если это случится, я действительно погибла.

250. *Именно сознание раба составляет уверенность господина в его собственной правде. Но сознание раба — зависимое сознание. Таким образом, господин не уверен в своей правде. Его правда — в малозначащем сознании и его малозначащих поступках.*

Эти слова относятся к моему отцу, к его резкости со слугами, его ненужной резкости. Но мой отец был резким и деспотичным лишь оттого, что не выносил просить и получать отказ. Все его приказания были тайными мольбами — даже я это видела. Откуда же тогда слуги узнали, что они могут сделать ему особенно больно, рабски подчиняясь ему? Их тоже наставляли боги, по каналам, о которых нам неизвестно? Обращался ли мой отец с ними все более деспотично лишь для того, чтобы они перестали раболепствовать? Обнял бы он восставшего раба, как отец — блудного сына, хотя затем, возможно, наказал бы его? Был ли мой отец распят на парадоксе, который разъясняют голоса: от людей, которые гнулись, как тростник, перед его прихотями, он по-своему требовал подтверждения его правды в нем и для него? И не было ли их «Да, господин» провокацией в ответ на его провокацию? Опустив глаза, пряча улыбку, — уж не выжидали ли они, когда он зарвется? Наверное, они знали, что он зарвался, когда взял Анну Маленькую в дом. Наверное, они знали это прежде, чем увидели его безрассудную страсть. Не потому ли Хендрик подавил свою гордость? Не увидел ли Хендрик в соблазнении Анны последнюю попытку моего отца заставить рабыню — пусть глухой ночью — произнести слова, которые одно свободное существо адресует другому, которые он мог бы услышать от меня или от любой из надушенных вдовушек в нашем краю, — но нет, если бы они исходили от нас, то ничего бы не стоили. Или Хендрик все это видел ясно и ничего не простил, а поклялся отомстить? И мое изгнание сюда — месть Хендрика? Говорит ли о моей невинности то, что я ощущаю свое изгнание только как страдание, а не как преступление против меня? Когда же, если не вмешается сострадание, окончится срок мщения? Голоса умолкают слишком быстро. Я благодарна за то, что они мне дают. Их слова золотые. Когда-то меня игнорировали, но я вознаграждена за свои годы одиночества, как немногие. Должна признать: есть справедливость во вселенной. Но слова с неба вызывают больше вопросов, нежели дают ответы. Я давлюсь диетой из универсалий. Я умру прежде, чем доберусь до истины. Я хочу истины, это несомненно, но еще больше я хочу завершенности!

251. Камни. Когда машины начали впервые летать над головой и говорить со мной, мне захотелось ответить. Я стояла на верхушке горы за домом, одетая предпочтительно

в белое — в старой залатанной белой сорочке, — и, подавая сигналы руками, выкрикивала свои ответы, сначала на английском, а позже, когда увидела, что мои слова не понимают, — по-испански. «Es mi! (Это я!) — кричала я. — Vene! (Придите!)» — на том испанском*, который мне пришлось изобретать, исходя из первых принципов, интроспективно.

252. Потом мне пришло в голову, что существа в машинах, возможно, летают в экстазе, поглощенные собой, и глаза их прикованы к бесконечному голубому горизонту, а послания они роняют, так сказать, мимолетно, чтобы те опустились сами, когда захотят. Поэтому я подумала: а не разжечь ли мне костер, дабы привлечь их внимание, подражая классическим потерпевшим кораблекрушение? Провозившись три дня, я воздвигла целую гору из хвороста. Потом, на четвертый день, когда первая серебряная машина сверкнула на северном небе, я подожгла свой маяк и побежа-

---

* «Испанский», на котором разговаривает героиня, — невообразимая смесь из романских языков, причем грамматические формы употреблены неправильно. — *Примеч. пер.*

ла на сигнальный пост. Гигантское пламя взметнулось к небу. Воздух наполнился потрескиванием колючек и писком издыхающих насекомых. «Isolado! (Одна!) — закричала я, перекрывая рев пламени, танцуя и размахивая белым носовым платком. Как призрак, проплыла надо мной машина. — Es mi! Vidi! (Это я! Смотрите!)» Но голоса ничего мне не ответили.

253. Но даже если бы существо в машине отозвалось, то, как поняла я позже, шум заглушил бы его голос. Кроме того, спросила я себя, почему они должны подумать, что костер — это сигнал? Разве не мог это быть просто костер путника, или костер из соломы, устроенный веселым землепашцем в честь какого-то праздника, или пожар в велде, начавшийся из-за удара молнии, просто явление природы? В конце концов, совсем не очевидно, что я потерпела кораблекрушение, ничто не указывает на то, что я не в состоянии дойти до ближайшего пункта помощи и попросить все, что мне нужно, — скажем, блага цивилизации.

254. Но, возможно, подумала я затем, я к ним несправедлива и они очень хорошо знают,

что я отверженная, и пересмеиваются, наблюдая, как я танцую, заявляя о своей уникальности, в то время как мир полон танцующих людей, посылающих сигналы возле своих личных костров. Быть может, я веду себя как дура и привлеку их внимание и заслужу одобрение, только если оставлю свои песни и пляски и снова начну мести полы и вытирать пыль. Возможно, я веду себя как уродливая сестра в сказке, в которой спаслась только Золушка. Возможно, наступило новое тысячелетие, а я и не заметила этого за отсутствием календаря, и теперь принц рыщет в самых отдаленных местах земного шара в поисках своей невесты, а я, которая так долго лелеяла в своем сердце эту притчу, читая ее как аллегорию своего мщения, останусь с болванами, в то время как счастливая парочка улетит к новой жизни на дальних планетах. Что же мне делать? Мне и так и этак ничего не светит. Быть может, мне следует еще раз подумать о тех словах о невинности невинных.

255. Камни. Не добившись, чтобы мои крики были услышаны (Впрочем, точно ли они меня не услышали? Возможно, они услышали,

но сочли меня неинтересной, а может быть, не в их привычках подтверждать общение), я прибегла к письму. Целую неделю, трудясь с рассвета до заката, я возила через велд тачки, полные камней, пока у меня не получилась груда из двух сотен — гладких, круглых, размером с небольшую тыкву, — сложенная за домом. Я покрасила их, один за другим, известью, оставшейся от прежних времен (как добропорядочный потерпевший кораблекрушение, я нахожу применение всяким остаткам; надо как-нибудь составить список вещей, которые я еще не использовала, и в порядке тренировки найти им применение). Складывая из камней огромные буквы, я начала составлять послания для моих спасителей: «Cindrla es mi (Золушка — это я)». И на следующий день: «Vene al terra (Придите на землю)». И: «Quiero un autr (Прошу другого)»; и снова: «Son isolado (Я одна)».

256. После того как я неделями выкладывала послания, катала камни, закрашивала царапины, взбиралась на чердак, чтобы посмотреть, ровные ли строчки, меня вдруг осенило: то, что я пишу, — это, строго говоря, не ответы на слова, которые слетели ко мне с неба,

а назойливые приставания. Захочется ли кому-нибудь посетить то место на земле, спросила я себя, куда его столь настойчиво зазывает такое прискорбно одинокое существо, не говоря уж о его возрасте и уродстве? Разве не шарахнутся от меня, как от чумы? Поэтому я надевала свою шляпу с широкими полями в те дни, когда прилетали машины, и начала составлять послания, которые были более спокойными и загадочными — в стиле их посланий ко мне — и, таким образом, более заманчивыми. «Poemas crepusclrs» (Сумеречные стихотворения), — объявила я в первый раз; вообще-то я собиралась написать «Crepuscularias», но мне не хватило камней. (Впоследствии я привезла две дюжины новых камней на тачке, в этой части света камней хватает; правда, не знаю, что мне делать с побеленными камнями, когда перестанут летать машины, это меня беспокоит; возможно, я построю склеп за кухонной дверью, где все будет готово, чтобы туда заползти, когда придет великий день, потому что у меня не поднимется рука отвезти их обратно в их родной велд и разбросать, после того как они так долго были друг другу братьями и сестрами и участвовали в моих посланиях.)

«Somnos de libertad» (Мечты о свободе)», — написала я на второй день; «Amor sin terror (Любовь без ужаса)» — на четвертый; «Dii sin furor (Дни без гнева)» — на пятый; «Notti di amitad (Ночи дружбы)» — снова на первый. Потом я написала второе стихотворение, в шести частях, отвечающее на различные обвинения голосов: «Deserta mi ofra — electas elementarias — domine o sclava — femm o filia ma sempre ha desider la media entre (Пустыня мне предлагает — выборы элементарные — господин или раб — женщина или девушка, но всегда желает середину между)». Середина! Промежуточная ступень! Между! Как я проклинала свой жребий на шестой день за то, что мне отказано в том, что больше всего нужно, — в словаре настоящего испанского языка! Рыться во внутреннем запасе в поисках какого-нибудь союза, в то время как это слово спокойно лежит себе где-нибудь в книге! Почему никто не заговорит со мной на истинном языке сердца? Промежуточной ступенью, срединной — вот чем я хочу быть! Не господином, не рабом, не родителем, не ребенком — нет, мостиком между, чтобы во мне примирились противоположности!

257. Однако, как всегда, милосердная, я спросила себя: «Что же, в конце концов, предлагают мои стихотворения существам с неба, даже если будут ими поняты? Если они умеют строить летающие машины, то интеллект, передвигающий камни и строящий слова, покажется им убогим. Как же мне их *тронуть*?» «Femm (Женщина), — написала я. — Femm — amor por tu (Женщина — любовь к тебе)». И, опустившись до идеограмм, я израсходовала все свои камни на изображение женщины, лежащей на спине, с более полной фигурой, чем у меня, с расставленными ногами, к тому же моложе меня — тут уж не до щепетильности. Как вульгарно, подумала я, созерцая эту картинку с верхней площадки лестницы, и, однако же, как необходимо! И я хихикнула. Я стала совсем как ведьма из сказки. Можно испугаться за существа с небес: а вдруг, прельстившись моей приманкой и спустившись на землю, они превратятся в свиней и станут лакать помои? Но, возможно, они уже и так испугались и поэтому меня избегают: возможно, путешествуя по миру, они делают остановки и, спустившись на вершины деревьев, беседуют с местными жителями — но, пролетая надо

мной, они взвиваются в небо, бросая вниз свои назидательные послания.

258. Я пытаюсь также игнорировать ночные послания. Нельзя поддаваться безнадежной страсти, сказала я себе, иначе меня может постигнуть судьба Нарцисса. *Танцующий слепец, по-видимому, не соблюдает свой период ношения траура,* — сказали голоса. Тьфу! *Именно мир слов создает мир вещей.* Брр!

259. Затем, в последнюю ночь, голос все никак не умолкал, он все вещал и вещал, но теперь уже не афоризмами, а длинными периодами, так что мне подумалось: уж не новый ли бог заговорил, заглушая мои возгласы протеста. «Оставь меня, я хочу спать!» — кричала я, барабаня пятками. *Для того чтобы не пасть жертвой убийцы,* — говорил голос, — *мы соглашаемся умереть, если сами превращаемся в убийцу. Каждый человек, рожденный в рабстве, рожден для рабства. Раб теряет все в своих цепях, даже желание избавиться от них. Бог никого не любит,* — продолжал он, — *и никого не ненавидит, потому что Бог свободен от страстей и не чувствует ни боли, ни удовольствия.*

Поэтому тот, кто любит Бога, не может надеяться, что Бог полюбит его в ответ; потому что, желая этого, он пожелает, чтобы Бог перестал быть Богом. Бог скрыт, и любая религия, которая не подтверждает, что Бог скрыт, не истинна. «Убирайся, — заорала я, — испанское дерьмо!» *Желание — это вопрос, на который нет ответа,* — продолжал голос (теперь я знаю наверняка, что они меня не слышат). — *Чувство одиночества — это тоска по месту. Это место — центр мира, пупок вселенной. Только всё — и не меньше — может удовлетворить человека. Те, кто сдерживает свое желание, делают так потому, что желание их достаточно слабо, чтобы его сдержать. Когда Бог осуществляет через порочных то, что решил на своих тайных советах, порочные не оправдываются таким образом. Тех, кого Бог оставил вне своего выбора, он также осуждает, и единственно по той причине, что он пожелал их исключить.*

260. Весь день эти слова звучат у меня в ушах, раздражая своей непоследовательностью и ложной значительностью. Какой это убийца мне угрожает? И как можно согласить-

ся умереть? Плоть себя любит и не может согласиться со своим уничтожением. Если бы я действительно была рабыней, смирившейся со своими цепями, разве бы я давным-давно не выучила слово «да»? Однако где же в моих речах встречается слово «да»? Если моя речь не бунтарская от начала и до конца, то что же она такое? Что касается отсутствия Бога в каменной пустыне, то по этому вопросу вряд ли можно мне поведать что-то, чего я не знаю. Здесь все дозволено. Ничто не наказуемо. Все забывается навсегда. Бог забыл нас, а мы забыли Бога. У нас нет любви к Богу и нет желания, чтобы он обратил свой разум к нам. Поток прекратился. Мы — отверженные Бога так же, как отверженные истории. Вот в чем причина нашего чувства одиночества. Я, к примеру, не желаю быть в центре мира, я хочу лишь быть дома в мире, как бывает у себя дома самый последний зверь. Меня удовлетворит гораздо, гораздо меньше, чем *всё*: для начала жизнь, не обремененная словами, — эти камни, этот кустарник, это небо; и мирное возвращение в прах. Конечно, это не так уж много. Разве все эти словеса с неба не слепы к источнику нашей болезни, который заключается в том, что нам не с кем поговорить, что наши желания струятся из нас хаотично, бесцельно, без отклика, как и наши слова, кем бы мы ни были, — быть может, мне следует говорить только за себя?

261. Но у меня есть и другие заботы, кроме того чтобы ссориться с моими голосами. Иногда, когда чудесная погода, как сегодня, солнечная, но не слишком теплая, я выношу своего отца из комнаты и усаживаю на веранде в его старом кресле, обложив подушками, так что он снова может сидеть лицом к своим землям, которых больше не видит, и над ним звучат песни птиц, которых он больше не слышит. Он ничего не видит и не слышит и, насколько мне известно, не ощущает вкуса и запаха, и кто может вообразить, каково это — когда я соприкасаюсь своей кожей с его кожей? Потому что он ушел в себя, глубоко. В самих полостях своего сердца он скорчился, окутанный слабым течением своей крови, отдаленным шипением своего дыхания. Обо мне он ничего не знает. Я без труда его поднимаю — манекен из сухих костей, соединенных паутинками, — я даже могу его сложить и упаковать в чемодан.

262. Я сижу на веранде рядом с отцом, и птицы снова заняты устройством гнезд, а ветерок холодит мне щеки — ему, наверно, тоже.

— Ты помнишь, — говорю я, — как мы в прежние времена ездили на взморье? Как мы паковали корзину, полную сэндвичей и фруктов, и ехали на станцию в рессорной двуколке, и садились на вечерний поезд? Как мы спали в поезде, покачиваясь под песню колес, просыпаясь на остановках, и, услышав, как где-то вдали бормочут проводники, снова засыпали; и как на следующий день прибывали на взморье и шли на пляж и, сняв туфли, шлепали по воде, а ты брал меня за руки и поднимал над волнами? Ты помнишь, как рак-отшельник ущипнул меня за палец ноги, и я все плакала и плакала, а ты корчил рожи, чтобы меня утешить? Ты помнишь пансион, в котором мы остановились? Какая там была безвкусная еда, и как однажды ты оттолкнул тарелку и заявил, что не станешь есть потроха, и встал и вышел из столовой? И как я тоже оттолкнула тарелку и последовала за тобой? А ты помнишь, как счастливы были собаки, когда мы вернулись? Старый Якоб один раз забыл их покормить, и ты ужасно ругался и лишил его мяса на всю неделю.

Ты помнишь Якоба, и Хендрика, и Анну Большую, и Анну Маленькую? Ты помнишь сына Анны Большой, который погиб при несчастном случае, и его привезли на ферму, чтобы похоронить, и Анна Большая хотела броситься в могилу?

Ты помнишь годы великой засухи, когда всех овец пришлось продать, потому что на двести миль вокруг негде было пастись, и как нам пришлось биться, чтобы возродить потом ферму? Ты помнишь большое тутовое дерево, которое стояло рядом с курятником, и как однажды летом ствол треснул под тяжестью ягод? Ты помнишь, как вся земля вокруг была в темно-красных пятнах от сока упавших ягод? Ты помнишь скамью для влюбленных, где ты мог просидеть до вечера, прислушиваясь к жужжанию пчел? Ты помнишь Влек, которая была такой хорошей овчаркой, что могла вдвоем с Якобом провести мимо тебя целое стадо, а ты пересчитывал овец? Ты помнишь, как Влек стала старой и больной и как некому было ее застрелить, кроме тебя, и как ты потом ушел на прогулку, потому что не хотел, чтобы кто-нибудь увидел, как ты плачешь? Ты помнишь, — говорю я, — этих красивых рябых курочек, которые у нас были, и задиру-петуха с пятью женами, который устраивался на ночлег на дереве? Ты помнишь их всех?

263. Мой отец сидит, если это можно так назвать, в своем старом кожаном кресле, и ветерок холодит ему кожу. У него незрячие глаза — две стеклянные голубые стены, обрамленные розовыми ободками. Он не слышит ничего, кроме того, что происходит у него внутри, — если только я не заблуждаюсь все это время и он слышит мою болтовню, но предпочитает ее игнорировать. Он совершил свою прогулку на сегодня; пора нести его в дом, чтобы он мог отдохнуть.

264. Я кладу отца в его постель, расстегиваю его ночную сорочку, отшпиливаю салфетку. Иногда на ней ни пятнышка, но сегодня есть одно, едва заметное, — это доказывает, что у него внутри еще бродят соки, еще есть слабая перистальтика. Я бросаю салфетку в ведро и пришпиливаю свежую.

265. Я кормлю моего отца бульоном и даю ему слабый чай. Потом касаюсь его лба губами

и укрываю на ночь. Когда-то я думала, что умру последней. Но теперь я думаю, что еще несколько дней после моей смерти он все еще будет здесь лежать, дышать и ждать, когда его накормят.

266. Однако пока что, по-видимому, ничего не должно случиться, и, возможно, мне придется еще долго ждать, прежде чем наступит время заползти в мой склеп и закрыть за собой дверь (я всегда рассчитываю на то, что на чердаке найдется пара дверных петель) и уплыть в сон, в котором меня наконец-то не будут дразнить и бранить голоса. В такие минуты, как эта, когда одолевают печальные мысли, есть соблазн подытожить свои размышления, связать все концы. Найду ли я в себе мужество умереть безумной старой королевой в центре ничего, необъясненной и необъяснимой для археологов, в гробнице, полной наивных изображений богов известью, — или же я сдамся призраку разума и объясню себя себе в той единственной исповеди, которую знаем мы, протестанты? Умереть загадкой с наполненной душой или умереть, освободившись от своих секретов, — вот так живописно я став-

лю себе вопрос. Например, объяснила ли я когда-нибудь себе, почему я не убегаю с фермы и не умру в цивилизованном месте, в одном из сумасшедших домов, которых, не сомневаюсь, там великое множество; на тумбочке у меня будут книжки с картинками, в подвале — запас пустых гробов, и квалифицированная медсестра положит мне на язык обол? Объяснила ли я себе когда-нибудь, поняла ли, что я делаю здесь, в краю вне закона, где часто не действует запрет на инцест, где мы проводим дни в дикой апатии, — я, у которой явно были задатки умненькой девочки, которые могли бы компенсировать физические недостатки (десять пальцев на клавишах фортепьяно, альбом, полный сонетов), которая могла бы стать хорошей женой — трудолюбивой, экономной, способной к самопожертвованию, верной, а порой даже страстной? Что я делаю на этом варварском фронтире? Поскольку это не праздные вопросы, я не сомневаюсь, что где-то существует целая литература, которая может дать ответы на них. К сожалению, я с ней незнакома; да и, кроме того, мне всегда было легче прясть ответы из своих собственных внутренностей. Уверена, есть стихи о меланхолии заката над холмами, об овцах, собирающихся вместе с наступлением прохладного вечера, об отдаленном шуме ветряной мельницы, о первой песне первого сверчка, о последнем щебетанье птиц в колючем кустарнике, о камнях дома на ферме, все еще хранящих солнечное тепло, о ровном свете лампы в кухонном окне. Это стихи, которые я могла бы написать сама. Жизнь нескольких поколений должна пройти в городе, чтобы вытравить эту ностальгию по сельской жизни. Я никогда не отделаюсь от нее, да и не хочу. Я безнадежно испорчена красотой этого заброшенного мира. По правде говоря, я никогда не хотела улететь с небесными богами. Я всегда надеялась, что они спустятся и будут жить здесь, в раю, воздавая мне своим благоуханным дыханием за все, что я потеряла, когда призрачные темнокожие фигуры последних людей, которых я знала, крадучись покинули меня ночью. Я никогда не ощущала себя существом, принадлежащим другому (вот они, эти сладостные, заунывные заключительные пассажи), я пересказала всю свою жизнь собственным голосом (как это утешительно), я выбирала в каждое мгновение свою собственную судьбу, которая заключается в том, чтобы умереть здесь, в окаменевшем саду, за закрытыми воротами, возле костей моего отца, в пространстве, в котором раздается эхо гимнов, которые я могла бы написать, но так и не написала, поскольку (я думала) это было слишком легко.

Литературно-художественное издание

Дж. М. Кутзее

В СЕРДЦЕ СТРАНЫ

Ответственный редактор *Татьяна Уварова*
Художественный редактор *Юлия Двоеглазова*
Технический редактор *Татьяна Харитонова*
Корректор *Елена Байер*
Верстка *Максима Залиева*

Подписано в печать 27.01.2005.
Формат издания 70 × 100 1/32. Печать офсетная.
Усл. печ. л. 11,61. Тираж 10 000 экз.
Заказ № 354.

Издательство «Амфора»
Торгово-издательский дом «Амфора».
197342, Санкт-Петербург,
наб. Черной речки, д. 15, литера А.
E-mail: amphora@mail.ru

Отпечатано с готовых диапозитивов
в ФГУП ИПК «Лениздат» Федерального агентства
по печати и массовым коммуникациям
Министерства культуры и массовых коммуникаций РФ.
191023, Санкт-Петербург, наб. р. Фонтанки, 59.